渡辺京二

もうひとつのこの世

石牟礼道子の宇宙

弦書房

〔装丁〕水崎真奈美
〔カバー写真〕撮影＝芥川仁
〔本扉写真〕石牟礼道子氏の左手
（撮影＝芥川仁）

目次

1

2

もうひとつのこの世

石牟礼道子の宇宙

1

『苦海浄土』の世界

I

はじめに私的な回想を書きつけておきたい。「あとがき」にもあるように、本書の原型をなす『海と空のあいだに』は、昭和四十年十二月から翌四十一年いっぱい、私が編集していた雑誌「熊本風土記」に連載された。「熊本風土記」の創刊当時、私はいわゆる「サークル村」の才女たちの一人として、彼女の評判は聞き知っていたけれど、まだつきあいらしいつきあいはなかった。その彼女が、見ず知らずといっていい私の雑誌に連載を書いてくれることになったのは、ひとつは谷川雁氏の紹介と、もうひとつは、三十八年に雑誌「現代の記録」を水俣の仲間たちと創刊して、あとが続かずにいた彼女にとって、ちょうど手頃な発表機関が必要であったからにちがいない。

『海と空のあいだに』は、いってみれば編集者としての私に対する彼女の贈り物であった。第一回の山中九平少年のくだりを受けとったとき、私はこれが容易ならざる作品であることを直感した。時に休載することもあったが、原稿はほぼ順調に一回三〜四十枚の分量で送られて来た。すなわち、作品はほぼノートの形ですでに書き上げられていて、彼女は締切りごとにそれに手を加え原稿化しているのだと私は推察した。私は編集者として、この作品の成立に協力するようなことは何ひとつしなかった。私のしたことはせいぜい誤字を訂正するくらいであったが、それでも自分がひとつの作品の誕生に立ち合っているのだという興奮があったのは、人に先んじて「ゆき女聞き書」や「天の魚」の章を原稿の形、ゲラの形で読み、まだ誰も味わっていない感動を味わい知る特権にめぐまれたからだろう。

当時、彼女はまだ完全にひとりの主婦として暮していた。四十年の秋、はじめて水俣の彼女の家を訪れた時、私は彼女の「書斎」なるものに深い印象を受けた。むろん、それは書斎などであるはずがなかった。畳一枚を縦に半分に切ったくらいの広さの、板敷きの出っぱりで、貧弱な書棚が窓からの光をほとんどさえぎっていた。それは、いってみれば、年端も行かぬ文章好きの少女が、家の中の使われていない片隅を、家人から許されて自分のささやかな城にしたてて心慰めている、とでもいうような風情だった。座れば体ははみだすにちがいなく、採光の悪さは確実に眼をそこなうにちがいない。しかし、家の立場からみれば、それは、いい年をして文学や詩歌と縁を切ろうとしない主婦に対して許しうる、最大限の譲歩ででもあったろう。『苦海浄土』はこのような〝仕事部屋〟で書かれたのである。

私は、苦しい条件のもとで書かれた名作、などといううろんな話をしているのではない。どんな条件で書かれようと駄作は駄作であり、傑作は傑作である。こういう話を書きつけるのは、そのつつましい仕事部屋（部屋ではなく単なる出っぱりなのだが、仮にこういっておく）が私にあたえた、ある可憐ともいじらしいともいうべき印象を私がいまなお忘れかねるからであり、さらにはまた、主婦である彼女に、そうまでして文章を書くことに執しなければならなかった衝動、いいかえれば不幸な意識が存在していたことに注意してほしいからである。

「ゆき女聞き書」と「天の魚」の章を読んだ時、私はすでにこの作品が傑作であることを確信していた。また、絶対にジャーナリズム上で評判をとると予想した。目が開いていれば誰にでもわかることである。はたして、本書が講談社から発行されると、世評はにわかに高く、その年のうちに第一回大宅壮一賞の対象となった。彼女はそれを固辞したが、そのことがまたジャーナリズムの派手な話題となった。しかも、時は折から公害論議の花ざかりである。

『苦海浄土』はたちまち、公害企業告発とか、環境汚染反対とか、住民運動とかという社会的な流行語と結びつけられ、あれよあれよという間に彼女は水俣病について社会的な発言を行なう名士のひとりに仕立てられてしまった。『苦海浄土』がジャーナリズムの上で評価されるだろうことを疑わなかった私にしても、これぱかりは予想の外に出ることであった。

彼女は、自分でもどうにもならぬ義務感から、本書の第七章にあるように、昭和四十三年はじめに水俣病対策市民会議を結成し、その後運動が拡がるにつれ、彼女なりの責任を果そうとして来た。本書が発行された四十四年一月以降の経過について略述すれば、この年四月、厚生省の補償斡旋をめぐって、患者互助会は一任派と訴訟派に分裂、六月には二十九世帯が熊本地裁にチッソをあいてどって総額十五億九千万円余の損害賠償を提起した。それにともなって全国各地に「水俣病を告発する会」が生れ、厚生省補償処理阻止、東京―水俣巡礼団、株主総会のりこみなどが行なわれ、また四十六年夏から、いわゆる新認定規準によって、これまで放置されていた潜在患者が続々と認定されはじめ、その年の末には新認定患者はチッソに対する自主交渉を開始した。この自主交渉は一年後の現在なおえんえんと続けられており、一方、裁判はこの秋やっと結審を迎え、来年(四十八年)の春には判決が言い渡されるものと予想されている。

石牟礼氏はこのような事態の展開に、つとめてよくつき合って来たといってよい。それは彼女の責任であったわけであるが、そういう経過の中で、彼女にある運動のイメージがまとわりつき、彼女の著作自体、公害告発とか被害者の怨念とかいう観念で色づけして受けとられるようになったのは、やむをえない結果であった。

しかし、それは著者にとってもこの本にとっても不幸なことであった。そういう社会的風潮や運動とたまたま時期的に合致したために、このすぐれた作品は、粗忽な人びとから公害の悲惨を描破したルポルタージュであるとか、患者を代弁して企業を告発した怨念の書であるとか、見当ちがいな賞讃を受けるようになった。告発とか怨念とかいう言葉を多用できるのは、むろん文学的に粗雑きわまる感性である。それは文句なしにいやな言葉であり、そういう評語がこの作品について口にされるのを見るとき、その誕生に立ち合ったものとして、私はやりきれない思いにかられる。本書が文庫という形で新しい読者に接するこの機会に、私は、本書がまず何よりも作品として、粗雑な観念で要約されることを拒む自律的な文学作品として読まれるべきであることを強調しておきたい。

実をいえば『苦海浄土』は聞き書なぞではないし、ルポルタージュですらない。ジャンルのことをいっているのではない。作品成立の本質的な内因をいっているのであって、それでは何かといえば、石牟礼道子の私小説である。

磯田光一氏はある対談の中で、『苦海浄土』を一応いい作品だと認めた上で、自分がもし患者だったら、変な女が聞き書などをとりに来たら家に入れずに追い返すだろうという趣旨の発言をしていた。私もまったく同感なのであるが、『苦海浄土』がそういうプロセスで出来上った聞き書でないことは、磯田氏の能力をもってすれば読みとることは困難ではないはずである。

私のたしかめたところでは、石牟礼氏はこの作品を書くために、患者の家にしげしげと通うことなどしていない。これが聞き書だと信じこんでいる人にはおどろくべきことかも知れないが、彼女は一度か二度しかそれぞれの家を訪ねなかったそうである。「そんなに行けるものじゃありません」と彼女はいう。むろん、ノートとかテープコーダーなぞは持って行くわけがない。彼女が患者たちとどのようにして接触して行ったかということは、江津野埜太郎家を訪なうくだりを読んでみるとわかる。彼女は「あねさん」として、彼らと接しているのである。これは何も取材のテクニックの話ではない。存在としての彼女がそういうものであって、そういうふれあいの中で、書くべきものがおのずと彼女の中にふくらんで来たことをいうのである。

彼女は最終列車に乗りそこねて駅の待合室で夜明しすることがよくあるらしいが、そういう時ともすれば浮浪者然とした男が寄って来て「ねえさん、独りな?」と声をかけるそうである。「きっと精薄か何かに見えるのね」と彼女は嘆いてみせるが、彼女にはそういう独自なパースナリティがある。

「死旗」のなかの仙助老人と村のかみさんたちの対話を読んでみるとよい。

〈爺やん、爺やん、さあ起きなっせ、こげな道ばたにつっこけて。あんた病院行て診てもらわんば、つまらんようになるばい。百までも生きる命が八十までも保てんが。二十年も損するが。

なんばいうか。水俣病のなんの、そげんした病気は先祖代々きいたこともなか。俺が体は、今どきの軍隊のごつ、ゴミもクズもと兵隊にとるときとちごうた頃に、えらばれてい

くさに行って、善行功賞もろうてきた体ぞ。医者どんのなんの見苦しゅうしてかからるるか。〉

といったふうに続けられる対話が、まさか現実の対話の記録であるとは誰も思うまい。これは明らかに、彼女が自分の見たわずかの事実から自由に幻想をふくらませたものである。しかし、それならば、坂上ユキ女の、そして江津野老人の独白は、それとはちがって聞きとりノートにもとづいて再構成されたものなのだろうか。つまり文飾は当然あるにせよ、この二人はいずれもこれに近いような独白を実際彼女に語り聞かせたのであろうか。

以前は私はそうだと考えていた。ところがあることから私はおそるべき事実に気づいた。仮にE家としておくが、その家のことを書いた彼女の短文について私はいくつか質問をした。事実を知りたかったからであるが、例によってあいまいきわまる彼女の答をつきつめて行くと、そのE家の老婆は彼女が書いているような言葉を語ってはいないということが明らかになった。瞬間的にひらめいた疑惑は私をほとんど驚愕させた。「じゃあ、あなたは『苦海浄土』でも……」。すると彼女はいたずらを見つけられた女の子みたいな顔になった。しかし、すぐこう言った。「だって、あの人が心の中で言っていることを文字にすると、ああなるんだもの」。

この言葉に『苦海浄土』の方法的秘密のすべてが語られている。それにしても何という強烈な自信であろう。誤解のないように願いたいが、私は何も『苦海浄土』が事実にもとづかず、頭の中ででっちあげられた空想的な作品だなどといっているのではない。それがどのように膨大な事実のデテイルをふまえて書かれた作品であるかは、一読してみれば明らかである。ただ私は、それが一般に考えられているように、患者たちが実際に語ったことをもとにして、それに文飾なりアクセントなりをほどこして文章化するという、いわゆる聞き書の手法で書かれた作品ではないということを、はっきりさせておきたいのにすぎない。本書発刊の直後、彼女は「みんな私の本のことを聞き書だと思ってるのね」と笑っていたが、その時私は彼女の言葉の意味がよくわかっていなかったわけである。

患者の言い表わしていない思いを言葉として書く資格を持っているというのは、実におそるべき自信である。石牟礼道子巫女説などはこういうところから出て来るのかも知れない。この自信、というより彼らの沈黙へかぎりなく近づきたいという使命感なのかも知れないが、それはどこから生れるのであろう。彼女は水俣市立病院に坂上ユキを見舞った時、半開きの個室のドアから、死にかけている老漁師釜鶴松の姿をかいま見、深い印象を受ける。「彼はいかにもいとわしく恐しいものをみるように、見えない目でわたくしを見た」と彼女は感じた。

〈この日はことにわたくしは自分が人間であることの嫌悪感に、耐えがたかった。釜鶴松のかなしげな山羊のような、魚のような瞳と流木じみた姿態と、決して往生できない魂魄は、この日から全部わたくしの中に移り住んだ。〉

こういう文章はふつうわが国の批評界では、ヒューマニズムの表明というふうに理解される。この世界に一人でも餓えている者がいるあいだは自分は幸福にはなれない、というリゴリズムである。この文をそういうふうに読むかぎり、つまり悲惨な患者の絶望を忘れ去ることはできないという良心の発動と読むかぎり、『苦海浄土』の世界を理解する途はひらけない。そうではなくて、彼女はこの時釜鶴松に文字どおり乗り移られたのである。彼女は釜鶴松になったのである。なぜそういうことが起りうるのか。そこに彼女の属している世界と彼女自身の資質がある。

彼女には釜鶴松の苦痛はわからない。彼の末期の眼に世界がどんなふうに映っているかということもわからない。ただ彼女は自分が釜鶴松とおなじ世界の住人であり、この世の森羅万象に対してかつてひらかれていた感覚は、彼のものも自分のものも同質だということを知っている。ここに彼女が彼から乗り移られる根拠がある。それはどういう世界、どういう感覚であろうか。いうまでもなく坂上ユキや江津野の爺さまや仙助老人たちが住んでいた世界であり、持っていた感覚である。

即物的にいえば、それは「こそばゆいまぶたのようなさざ波の上に、小さな舟や鰯籠《いわしかご》などを浮かべ」た湯堂湾であり、「ゴリが、椿の花や、舟釘の形をして累々と沈んでいる」井戸をひっそりと抱いた村であり、「みしみしと無数の泡のように虫や貝たちのめざめる音が重なりあって拡ってゆく」渚であり、「茫々とともったように暮れ」て行く南国の冬の空である。山には山の精が、野には野の精がいるような自然世界である。この世界は誰の目にもおなじように見えているはずだというのは、平均化されて異質なものへの触知感を失ってしまった近代人の錯覚で、ここに露われているような自然の感覚へは、近代の日本の作家や詩人たちがもうもつことができなくなった種類に属する。

〈海の中にも名所のあっとばい。「茶碗が鼻」に「はだか瀬」に「くろの瀬戸」「ししの島」。

ぐるっとまわればうちたちのなれた鼻でも、夏に入りかけの海は磯の香りのむんむんする。会社の匂いとはちがうばい。

海の水も流れよる。ふじ壺じゃの、いそぎんちゃくじゃの、海松じゃの、水のそろそろと流れてゆく先ざきに、いっぱい花をつけてゆれよるるよ。

わけても魚どんがうつくしか。いそぎんちゃくは菊の花の満開のごたる。海松は海の中の崖のとっかかりに、枝ぶりのよかとの段々をつくっとる。

ひじきは雪やなぎの花の枝のごとしとる。藻は竹の林のごたる。

海の底の景色も陸《おか》の上とおんなじに、春も秋も夏も冬もあっとばい。うちゃ、きっと海の底には龍宮のあるとおもうとる。〉

こういう表現はおそらく日本の近代文学の上にはじめて現れた性質のものである。というのは、海の中の景色を花にたとえるという単純な比喩をこれまでのわが国の詩人が思いつかなかったなどという意味ではもちろんなく、ここでとらえているようなある存在感は、近代的な文学的感性では触知できないものであり、ひたすら近代への上昇をめざして来た知識人の所産であるわが近代文学が、うち捨ててかえりみなかったものだという意味である。この数行はもちろん石牟礼氏の個的な才能と感受性が産んだものにはちがいないけれども、その彼女の個的な感性にはあるたしかな共同的な基礎があって、そのような共同的な基礎はこれまでわが国の文学の歴史でほとんど詩的表現をあたえられることもなかったし、さらには、近代市民社会の諸個人、すなわちわれわれにはとっくに忘れ去られていた。

その世界は生きとし生けるものが照応し交感していた世界であって、そこでは人間は他の生命といりまじったひとつの存在にすぎなかった。むろん人は狩をし漁をする。しかし、狩るものと狩られるもの、漁るものと漁られるものとの関係は次のようであった。

〈タコ奴《め》はほんにもぞかとばい。

壺ば揚ぐるでしようが。足ばちゃんと壺の底に踏んばって上目使うて、いつまでも出てこん。こら、おまや、舟にあがったら出ておるもんじゃ、早う出てけえ。出てこんかい、ちゅうてもなかなか出てこん。……出たが最後、その逃げ足の早さ早さ……やっと籠におさめてまた舟をやりおる。また籠を出てきよって籠の屋根にかしこまって坐っとる。こら、おまやもううち家《げ》の舟にあがってからはうち家《げ》の者じゃけん、ちゃあんと入っとれちゅうと、よそむくような目つきして、すねてあまえるとじゃけん。

わが食う魚《いお》にも海のものには煩悩のわく。〉

その世界で人びとはどのように暮らしていたかといえば、それは、江津野老人の酔い語りの中でいわれているような、「魚は天のくれらすもんでござす。天のくれらすもんをただで、わが要ると思うしことってその日を暮す。これより上の栄華のどけにゆけばあろうかい」といったありようの生活であった。

このような世界、いわば近代以前の自然と意識が統一された世界は、石牟礼氏が作家として外からのぞきこんだ世界ではなく、彼女自身生れた時から属している世界、いいかえれば彼女の存在そのものであった。釜鶴松が彼女の中に移り住むことができたのは、彼女が彼とこういう存在感と官能とを共有していたからである。

「あの人が心の中で言っていることを文字にすると、ああなるんだ」という彼女の、一見不遑ともみえる確信の根はここにある。彼女は対象を何度もよく観察し、それになじんでいるからこういえるのではない。それが自分のなかから充ちあふれてくるものであるから、そういえるのである。彼女は彼らに成り変ることができる。なぜならばそこにはたしかな共同的な感性の根があるからだ。彼女は自称「とんとん村」に住みついた一詩人として、いつかはこのような人間の官能の共同的なありかたと、そのような官能でとらえられた未分化な世界とを描いてみたいという野心を持っていたにちがいない。ところが、彼女がそれを描くときは、それが、チッソ資本が不知火海に排出した有機水銀によって、徹底的に破壊されつくされる、まさにその時に当っていた。いや、この破壊がなければ、彼女の詩人の魂は内部からはじけなかったのかも知れない。自分が本質的に所属し、心から愛惜しているものが、このように醜悪で劇的な形相をとって崩壊して行くのを見るのは、おそろしいことであった。

彼女の表現に一種悽惨の色がただようのは当然である。使われぬままに港で朽ちて行く漁船の群とか、夜カリリ、カリリと釣糸や網を喰い切る鼠たちなどという、不気味な形象が、彼女の文章のあいまに現れる。手をこまねき息を詰めるほかない崩壊感である。この作品で描かれる崩壊以前の世界があまりにも美しくあまりにも牧歌的であるのは、これが崩壊するひとつの世界へのパセティックな挽歌だからである。

しかし、もともとそれは、有機水銀汚染が起らなくても、遠からず崩壊すべき世界だったのではなかろうか。石牟礼氏は近代主義的な知性と近代産業文明を本能的に嫌悪する。しかし、それはたんに嫌悪してもどうにもならないものであり、それへの反措定として「自然に還れ」みたいな単純な反近代主義を対置してみてもしようのないことである。彼女はそういうふうにとれる不用意な言葉をエッセイなどに書きつけているけれども、世上流行のエコロジー的反文明論や感傷的な土着主義・辺境主義などが、そういう彼女の言葉にとびついて、「水俣よいとこ」みたいなことを言い出すと、彼女が描いている水俣の風土が美しいだけに、どうしようもなくなるわけである。

いったい、前近代的な部落社会がそれほど牧歌的なものであるかどうか。彼女自身ちゃんと書いている、「隣で夕餉の鰯をどのくらい焼いたか、豆腐を何丁買うたか、死者の家に葬式の旗や花輪が何本立ったか、互いの段当割はいくらか、などといったことが、地域社会を結びつけているわが農漁村共同体」と。それは、部落に代々きまったキツネモチの家柄があり、その家のものがよくできた畑の前を通って「ああよく出来ているな」と羨望を起しただけで、その当人は意識もせぬのに、その家のキツネは相手の家の者にとりついて、とりつかれたほうでは、病人をうち叩いて時には死に至らしめるような、そういう暗部を抱えた社会である。生きとし生けるもののあいだに交感が存在する美しい世界は、また同時にそのような魑魅魍魎《ちみもうりょう》の跋扈《ばっこ》する世界でもある。そのことを石牟礼氏は誰よりもよく知っている。それなのに、彼女の描く前近代的な世界は、なぜかくも美しいのか。それは、彼女が記録作家ではなく、一個の幻想的詩人だからである。

Ⅲ

私は先にこの作品は石牟礼道子の私小説であり、それを生んだのは彼女の不幸な意識だと書いた。それはどういう意味だろうか。彼女には『愛情論』という自伝風なエッセイがあり(「サークル村」三十四年十二月、三十五年三月)、それに書かれた幼時の追憶は『わが不知火』

（「朝日ジャーナル」四十三年度連載）などでも繰り返し語られている。これらのエッセイで、彼女は幼い時に見てしまった、ひき裂けたこの世の形相を何とかして読むものに伝えようとし、それがけっして伝わるはずもないことに絶望しているかのようである。

〈気狂いのばばしゃんの守りは私がやっていました。そのばばしゃんは私の守りだったのです。ふたりはたいがい一緒で、祖母はわたしを膝に抱いて髪のしらみの卵を、手さぐりで（めくらでしたから）とってふつふつ噛んでつぶすのです。こんどはわたしが後にまわり、白髪のまげを作って、ペンペン草などたくさんさしてやるといったぐあいでした。〉

（『愛情論』）

こういう数行を読むと彼女がいかにすさまじい文章上の技巧家であるかわかるが、私がいいたいのはそのことではない。読者はこの構図を本書のどこかで読まれたはずである。そうである。「山中九平少年」の章の冒頭、朽ちかけた公民館の中で、孫をあてがわれて、うつろな意識のなかで耳をほら貝のように不知火に向けながら、股の間にはってきた舟虫を杖の先でつぶしそこねている老人の姿である。少なくとも私には、この老人と孫の構図は、ばばしゃんと「私」の構図のひき写しのように見える。

父の酒乱が始って、母は弟を抱いて外に逃げる。父はまだ幼い娘に盃をつきつけて「お前、このおとっちゃんに、つきあうか」と目をむく。

〈「フン」、と私は盃を両手でとりました。酔っているので手許のおぼつかない父が、うまく注げなくてこぼし、へっへっと泣いています。

「もったいなかばい、おとっちゃん」

「なにお、生意気いうな」

奇妙な父娘の盃のやりとりがはじまり、身体に火がついていました。男と女、ぽんたさん、逃げている母と弟、憎くて、ぐらしかおとっちゃん、地ごく極楽はおとろしか〉（『愛情論』）

気狂いの祖母は冬の夜、ひとりで遠出をする。彼女が探しに出ると、祖母は降りやんだ雪の中に立っている。「世界の暗い隅々と照応して、雪をかぶった髪が青白く炎立っていて、私はおごそかな気持になり、その手にすがりつきました」。祖母はミッチンかいと言いながら彼女を抱きしめる。「じぶんの体があんまり小さくて、ばばしゃんぜんぶの気持ちが、冷たい雪の外がわにはみ出すのが申わけない気がしました」。

これはひとつのひき裂かれ崩壊する世界である。石牟礼氏が『苦海浄土』で、崩壊しひき裂かれる患者とその家族たちの意識を、忠実な聞き書きなどによらずとも、自分の想像力の射程内にとらえることができるという方法論を示しえたのは、その分裂と崩壊が彼女の幼時に体験したそれとまったく相似であったからである。『愛情論』で語られているような家庭的な不幸は、近代資本主義がわが国をとらえた明治以来、幾千万というわが国の下層民たちが経験して来たことであった。だが『愛情論』の筆者が語ろうとしているのは、家庭の経済的な没落や父の酒乱や祖母の狂気という現象的な悲惨ではなく、そういう悲惨な現象の底でひきさかれている人びとの魂であった。一人の人間の魂がぜったいに相手の魂と出会うことはないようにつくられているこの世、言葉という言葉が自分の何ものをも表現せず、相手に何ものも伝えずに消えて行くこの世、自分がどこかでそれと剥離していて、とうていその中にふさわしい居場所などありそうもないこの世、幼女の眼に映ったのはそういう世界だった。『愛情論』のテーマは男と女が永遠に出会わない切なさであるが、それは近代的な自覚にうながされたノラの嘆きなどとはまったくちがったもので、その根底には人と人とが出会うことができない原罪感がくろぐろとわだかまっている。わが国の近代批評の世界では、人と人が通じ合わぬのはあたりまえであり、そういうことを今さららしく嘆くのは甘っちょろい素人で、人の世とはそういうものと手軽に覚悟をきめることが深刻な認識だというふうに相場がきまっているが、彼女がそういうふうに落着くことができないのは、その原罪感があまりにも深く、その飢えがあまりにも激しいからである。

〈荒けずりな山道を萩のうねりがつつみ、うねりの奥まる泉には野ぶどうのつるがたれ、野ぶどうでうすく染った唇と舌をひらいて、ひとりの童女が泉をのぞいていました。泉の中の肩の後は夕陽がひかり、ひかりの線は肩をつつみ、肩の上はやわらかく重く、心の一番奥の奥までさするように降りてくる身ぶるいでした〉(『愛情論』)

こういう文章に筆者の強烈なナルシシズムを見出すことはやさしい。しかし、ここで筆者がキャンバスに塗ろうとした色は、やはり何にもたとえようのない孤独だといってよい。そして、泉をのぞきこむ童女の孤独は、彼女が存在のある原型にふれておののいていることから生れている。この一瞬は彼女に何かを思い出させる。その何かとは、この世の生成以前の姿といってもよく、そういう一種の非存在、存在以前の存在への幻視は、いうまでもなく自分の存在がどこかで欠損しているという感覚の裏返しなのである。「生れる以前に聞いた人語を思い出そうとつとめます。のどまできているもどかしさ」「ずいぶん、わたしはつんぼかもしれぬ」「きれぎれな人語、伝わらない、つながらない……」。こういう嘆きを書きつける時、彼女の眼には、そこでは一切の分裂がありえない原初的な世界がかすかに見えているのにちがいない。

人語が伝わらないゆえに、人と人がつながるかすかな回路は、狂気の老女と幼女とが雪明りの中で抱きあうという形でしか存在しえない。しかも、その時幼女は「じぶんの体があんまり小さくて、ばばしゃんぜんぶの気持が、冷たい雪の外がわにはみだすのが申わけない」というふうに感じるのである。こういう原罪感は、石牟礼氏の文学の秘密の核心を語るものである。『愛情論』の中では、ぽんたという娼婦が彼女の同級生の兄に刺殺される挿話が語られているが、彼女はその兄が「ぽんたを刺した瞬間が切ない」のであり、「ぽんたのそのときの気持を味わいたい」と感じる。いうまでもなくこれは変形されたナルシシズムであるけれども、そのナルシシズムの底には、まだ見たことのないこの世へのうずくようなかわきが存在しているのである。

『苦海浄土』は、そのような彼女の生得の欲求が見出した、ひとつの極限的な世界である。彼女は患者とその家族たちに自分の同族を発見したのである。なぜなら、水俣病患者とその家族たちは、たんに病苦や経済的没落だけではなく、人と人とのつながりを切り落されることの苦痛によって苦しんだ人びとであったからである。彼女はこれらの同族をうたうことによって自己表現の手がかりをつかんだのであって、私が『苦海浄土』を彼女の不幸な意識が生んだ一篇の私小説だというのもそのためにほかならぬ。事実、彼女は「ゆき女聞き書」において、あてどのない彼女自身の愛の行方を語っているのであり、「天の魚」において語られる江津野老人の流浪する意識は、そのまま彼女のものなのである。江津野老人の回想には、からゆきさんに売られていく娘に、自分の母が結局は生かされることはありえない教訓をくどくどと説ききかせるくだりがあるが、この哀切きわまりない挿話のたぐいの出来ごとは、それこそ彼女にとって幼時の日常であった。「ゆき女聞き書」では「うちぼんのうの深かけん」と語られ、「天の魚」では「魂の深か子」といわれる、そのぼんのうや魂の深さこそ彼女の一生の主題であり、患者とその家族たちは、そのような「深さ」を強いられる運命にあるために、彼女の同族なのである。

「ゆき女聞き書」や「天の魚」で描かれる自然や海上生活があまりにも美しいのは、そのためである。この世の苦悩と分裂の深さは、彼らに幻視者の眼をあたえる。苦海が浄土となる逆説はそこに成立する。おそらく彼女はこのふたつの章において、彼らの眼に映る自然がどのように美しくありえ、彼らがいとなむ海上生活がどのような至福でありうるかということ以外は、一切描くまいとしているのだ。

このような選択が絶望の上にのみ成り立つことができることをいう必要があるだろうか。

ところが松原新一氏は、『苦海浄土』と井上光晴氏の『階級』とをくらべ、『苦海浄土』はユマニスト的なことばで統一された作品で、「崩壊して行く人間」という視点を欠いているために「階級の晦暗」に目がとどいておらず、その点で『階級』に及ばぬところがあると批評している。すなわち松原氏は、石牟礼氏が水俣漁民を美しい人格として描いているのに、井上氏は筑豊下層民の人格的崩壊まで見とどけているといいたいので、これは批評家としておどろくべき皮相な観察といってよい。また松原氏は「『苦海浄土』にあっては、あの〈人間〉の破壊とは、つづめていえば〈肉体〉への加虐としてとらえられている」と評しているが、どう読めばこういう結論が出て来るのか、私はほとんど怪訝《かいが》の念に包まれずにはいられない。

なるほど『苦海浄土』は、『階級』のように対象の精神的荒廃を直接描き出す方法をとってはいない。石牟礼氏自身が知悉している患者同志肉親同志の相剋や部落共同体の醜悪を、じかになまなましく描くことをしていない。しかし、地獄は地獄としてしか表現できないというのは、およそ問題にもならぬ初歩的な文学的無知である。『苦海浄土』は患者とその家族たちが陥ちこんだ奈落——人間の声が聞きとれず、この世とのつながりが切れてしまった無間地獄を描き出しているのであり、そのことを可能にさせたのは、彼女自身が陥ちこんでいる深い奈落であったのである。松原氏は『階級』の視点の深さの例として、たとえば「精神病院の患者を相手に白痴の姉に売春させて金を稼ごうとする男」といったふうな、「被抑圧者同士のエゴイズムの衝突」の描写をあげているが、そういうものはそれだけとしては単なる風俗にすぎない。そういうものを事象として描いているから視点が深く、そういうものを捨象しているから視点が浅いというのでは、およそこの世に文芸批評なるものの存在の理由はなくなる。『苦海浄土』を統一する視点は松原氏がいうような分裂を知らぬ「ユマニスト」のそれではなく、この世界からどうしても意識が反りかえってしまう幻視者の眼であり、そこでは独特な方法でわが国の下層民を見舞う意識の内的崩壊が語られており、『階級』と『苦海浄土』とのどちらがよく彼ら下層民の「階級の晦暗」にとどくかは、松原氏のような粗忽な断案を許すわけにはゆかぬのである。

しかし、『苦海浄土』を、水俣病という肉体的な「加虐」に苦しみながら、なおかつ人間としての尊厳と美しさを失わない被害者の物語であるとするような読みかたは、松原氏だけではなく世間には意外に多いのかも知れぬ。それは、彼ら水俣漁民の魂の美しさと、彼らの所有する自然の美しさ以外何ものも描くまいという作者の決心が、どういう精神の暗所から発しているか、考えてみようとせぬからである。石牟礼氏が患者とその家族たちとともに立っている場所は、この世の生存の構造とどうしても適合することのできなくなった人間、いわば人外の境に追放された人間の領域であり、一度そういう位相に置かれた人間は幻想の小島にむけてあてどない船出を試みるしか、ほかにすることもないといってよい。人びとはなぜ、「ゆき女聞き書」や「天の魚」における海上生活の描写が、きわめて幻想的であることに気づかぬのであろう。このような美しさは、けっして現実そのものの美しさではなく、現実から拒まれた人間が必然的に幻想せざるをえぬ美しさにほかならない。「わたくしの生きている世界は極限的にせまい」と彼女は書く(『わが死民』)。『苦海浄土』一篇を支配しているのは、この世から追放されたものの、破滅と滅亡へ向って落下して行く、めくるめくような墜落の感覚といってよい。

しかし、そういう世界はもともと詩の対象ではありえても、散文の対象にはなりにくい性質をもっている。石牟礼氏にはうたおうとする根強い傾向があり、それが空転する場合、文章はひとりよがりな観念語でみたされ、散文として成立不可能になってしまう。彼女の世界が散文として定着するためには、対象に対する確実な眼と堅固な文体が必要である。『苦海浄土』が感傷的な詩的散文に堕していないのは、その条件がみたされているからである。昂揚した部分では彼女の文章はあるリズムを持ち、しばしば詩に近づくが、なおそこには散文として守るべき抑制がかろうじて保たれている。彼女の文章家としての才能が十二分に発揮されているのは、いうまでもなくあの絶妙な語りの部分においてであり、そこでは現実の水俣弁は詩的洗練をへて「道子弁」ともいうべき一種の表現に到達している。さらに見逃されてならぬのは、この人のユーモアの才能である。例をひけぬのが残念だが、彼女の民話風なユーモアの感覚は、どれだけこの作品にふくらみをもたらしているか知れない。『天の魚』と『ゆき女聞き書』は、才能と対象とがまれな一致を見出すことのできた幸福な例であり、石牟礼氏にとっても今後ふたたび到達することがかならずしも容易ではない、高い達成を示す作品だと思う。

石牟礼道子の時空

今月は石牟礼道子さんの文学世界について話をさせていただきます。

この真宗寺というお寺は石牟礼さんとは深いご縁を持っておられます。今年（一九八四年）の春、このお寺では宗祖親鸞上人の御遠忌という大きな行事をなさいましたが、その際住職が読みあげる表白《ひょうばく》というものがある。むろん住職自身が草すべきものでありますが、それを何と、ここのご住職の佐藤秀人先生は石牟礼さんに依嘱された。その結果『花を奉るの辞』という形破りの表白が出来上ったことは皆さんご承知の通りであります。

『花を奉るの辞』については、教団（真宗大谷派）のある先生から〃異安心〃という評があったと聞いていますが、佐藤先生はこれこそ真宗寺の求める仏法の詩的表現だと感動なさいました。儀式の中心である表白の文章を、ご自身で書かれるのではなく、また教団の名のある先生に依頼されるのでもなく、教団外の石牟礼さんに頼まれたということに、佐藤先生の真宗寺と石牟礼さんの深いえにしは示されていると思います。

実は今日の話は、私がこのお寺でやらせていただいている「日本近代史講義」の百回目なのです。百回記念として、ふだんみえていない方々もお誘いして賑やかにやろうということでしたので、それなら今日限りの聴衆もいらっしゃることだし、特別な題目を選ぶ必要がある。真宗寺でお話するのにもっとも適切な題目をあれこれ考えた末、お寺とご縁の深い石牟礼さんの文学世界についてお話してみようと思い立った次第です。

さて、石牟礼道子さんは今日すでに有名な方です。一般的な知名度という点では、文学者の中でも相当に高いほうです。『苦海浄土』によって地位を確立なさってもう十五、六年たっているわけですし、著書も十数冊あります。ここのご住職はときどき、「石牟礼さんをもっと世に出さにゃあならん」とおっしゃるのですが、私はその度に「もう出ておられます」とお答えするのです。すると同席している仏青の諸君が、どっと笑います。

しかし、ご住職がそうおっしゃるのは、石牟礼さんの作品の本質というか、もっともよいところというか、それがまだ世に伝わっていないというお気持がおありだからではありますまいか。実は私も、石牟礼道子という一個の文学者の有名になりかたに、たいそう不本意なものを感じないではおれないのです。

石牟礼さんはいわば水俣病問題、チッソ告発のジャンヌ・ダルクとして社会的に有名になられました。いわゆる出世作の『苦海浄土』にしても、公害の悲惨さを描き、資本と行政の非道を告発した記録文学と受けとられた。今でも彼女の肩書きにルポルタージュ作家と銘うたれる場合が少なくありません。つまり石牟礼さんは純粋な文学者として有名になっているのではなく、水俣病患者の代弁者、あるいは公害や環境破壊についての批判的発言者、さらには日本近代の病いについて託宣をくだす民衆の語り部といった扱いにおいて、社会的に有名になっているのです。これはとくに、新聞やテレビが彼女をとりあげる場合について言えることです。

彼女には熱烈なファンが多く、崇拝者といってよい一群があります。しかしその大部分は市民運動の活動家だったり、新聞記者を初めとするジャーナリストだったり、社会科学系の大学教授だったりです。そういう人びとの賞賛は彼女の文学作品の本質に対して向けられているのではなく、彼女の民衆の語り部的な位相からの近代・現代批判に捧げられております。つまり彼女は、左翼ないし市民主義的反体制主義者からすると、神聖なる民衆の声をとりつぐ霊能者のように見えるらしいのです。

石牟礼さんの心酔者たちはふたつの点で石牟礼さんの仕事を評価しているのだと思います。

ひとつは環境破壊という突出面をもつ近代文明の批判者という点です。近代の病いや歪みを予言者的姿勢で告知する人だということです。もうひとつは、天皇制を基軸として形成されてきた日本近代のありかた、つねに底辺の民を犠牲に供してゆくようなありかたへの告発者という点です。棄民という言葉があって、上野英信さんが愛用しておられましたが、水俣病を棄民の一様相としてとらえるのが石牟礼道子のすごさだというわけですね。

私はこういうとらえ方には、それなりの根拠はあると思うのです。石牟礼さんは事実そういう発言をされていますし、棄民という言葉もよくお使いになります。彼女の評論風な文章には、左翼市民主義者やラジカルエコロジストがなじみやすい論理や発想がみられることは事実ですし、彼女の左翼ジャーナリズムでの人気は、そういう両者の共通点に支えられていると思います。

一方文学者の世界、いわゆる文壇や文芸専門誌の世界では、石牟礼道子は左翼的な記録文学作家、社会派ルポルタージュ作家というふうに思われていて、純粋な小説家ないし詩人とは認められていない。最近ではさすがに、石牟礼道子の作品を文学として評価しようとする動きが出て来てはおりますが、大勢としては、石牟礼道子？　ああ水俣病を告発した記録作家だね、『サークル村』出身の聞き書作家で、上野英信や森崎和江の仲間だろう、わかった、

わかった、もういいよ、といった感じで受けとられています。

だから、石牟礼道子の文学を論じたまともな文学評論はまったくありません。もちろん彼女についてはこれまで相当量の論評や賛辞が書かれてはいますが、そのなかにはちゃんとした第一級の文学者によるものはほとんどないと言ってよろしい。これまで書かれた「石牟礼道子論」なるものは少数の例外を除いて、言っちゃ悪いが、情けなくなるようなものばかりです。鶴見俊輔さんが『椿の海の記』について書かれたものはさすがに優れておりますけれども、文学作品としての批評ではありません。

まあ、文壇から黙殺されたからといって、どうということはないわけですが、石牟礼さんの業績を社会派記録文学というふうに片づけたり、彼女の新聞・テレビなどでの社会的発言だけをもてはやすような現状は、はなはだ不当であり困ったものだと言わざるをえません。

文学者の作風を形容するのに、よくユーニークという言葉が安易に使われます。ユーニークというのは唯一のという含意のある言葉で、そうそう安直に使える言葉ではないのですが、私は石牟礼道子という人のことを、現代日本文学できわめてユーニークな作家だと考えています。現代どころか、近代日本文学の歴史を通じて、彼女のような作家は皆無であって、語義どおりユーニークな存在だと思っているのです。彼女の作品はこれまで日本近代文学が創り出すことのなかった性質のもので、その歴史にまったく新しい一ページを開いたと言ってよろしい。

そういう彼女の文学者としてのユーニークな地位は、百年も経てば必ずや明らかになるにちがいありません。ですから、今日彼女の作品の文学的な真価が十分認められていないからといって、別に悲しむこともないのかも知れない。今日もてはやされている作家の大部分は百年たてば忘れ去られるのに対して、彼女の作品は後世に残ります。彼女の作品が純粋な文学作品としてなかなか認められないのも、日本近代文学が描いてきた世界とは異質な、あえていえばそれよりひと廻りもふた廻りも広大で、しかも深く根源的な世界を表現しようとしているからであって、このような表現の拡張と深化の意義は、日本近代文学という枠組にとらわれた眼には見えにくいのです。

石牟礼道子という作家の本質は、近代日本文学がこれまで描こうとしなかった、いやむしろ描くことができなかった世界を、初めて表現にもたらしたところにあります。そのことを皆さんに納得していただければ、今日の話の目的は達せられるのですが、そのことを言うまえに、ぜひひとつ断わりをつけておかねばなりません。

近代文学というのはもとより個人の内面を成立の本質的契機としております。要するにそれは個性としての私の表現なのです。近代文学を特徴づけるこうした個性とか私とか内面といった概念は、今日様ざまな角度から批判にさらされておりますが、古代歌謡以来の文学の歴史が個の自覚的な表現としての近代文学にまで展開してきたプロセスは、それなりに重いものがあって、その道程を無視した文学のありかたは考えられません。近代的な個というものの虚構性を批判することは必要だけれども、個としての内面的な衝迫と追求のない文学はやはり文学たりえないというのが、今日われわれが立たざるをえない地点だと思います。

石牟礼さんの文学は日本近代文学ときわめて異質な面をもつと同時に、表現が自己という個のかかえた問題から発しているという点で、まぎれもなく近代文学の本質とつながっております。いわゆる出世作の『苦海浄土』からしてそうであって、あれは単に水俣病患者の苦境を、正義派ジャーナリストのような眼で外から描いた作品ではありません。もともと彼女自身にこの世とはどうしてもそり反ってしまうような苦しみがあって、その苦しみと患者の苦患がおなじ色合い、おなじ音色となってとも鳴りするところに成り立った作品なのです。だからこそ、すぐれた文学作品としか呼びようがないのです。

私が文庫版『苦海浄土』の解説で、この作品を石牟礼道子の「私小説」と呼んだのはそういう意味においてですが、世の中には単純なお方がずいぶんいらっしゃって、私小説だなどとはとんでもない、石牟礼道子は自分の自我を語ったのではなく、日本の近代社会の暗部を告発したのだ、などと噛みついてこられるのには笑ってしまいました。しかし、あれが石牟礼さんの心の暗部なしには絶対に成り立たなかった作品だということに関しては、むろん私のほうが正しいのです。

以上のことを認めた上で、なおかつ、石牟礼さんの文学のどこが日本近代文学とは異質なのかということが、今日の話の本題となります。うまく話せるかどうか自信がありませんが、まず農民文学の歴史の中で、石牟礼さんの作品がどういう位置を占めるか、その辺からはいってゆきたいと思います。

石牟礼さんの作品を農民文学という狭い枠に閉じこめることができぬのはもちろんのことですが、『椿の海の記』を初めとして彼女の小説やエッセイには、農作業や作物の話がよく出て来ます。彼女の生家は石屋さんで農家ではないけれども、家業が破産なさったあとは、水俣の町はずれの半農村地帯で、田や畑を作っていらっしゃった。つまり南九州の崩壊しつつある村の内実をよく知っていらっしゃるわけで、彼女の作品には村の習俗とか、農作業のこまごまとしたこととか、田園の風景とかが重要な意味を担って登場してまいります。ですから、彼女の文学自体は農民文学というジャンルに収まるものではないけれども、日本近代文学の歴史において農村が描かれてきた系譜の中に、彼女の作品を一応置いてみて比較することができるのです。

日本近代文学史上、農民が初めて本格的に描かれたのは、いうまでもなく長塚節の『土』においてです。この『土』という小説は明治四十三年に発表されていますが、これはちょうど自然主義の全盛期にあたります。自然主義は人間の醜悪かつ悲惨な現実を赤裸々に暴露することをモットーにしました。長塚節はご承知のように「アララギ」派の歌人で、べつに自然主義的な信念のもち主ではないのだけれど、『土』が自然主義という流派の一作品のようにみなされたのは、要するにそれが描いた農村の現実なるものが、慰めのない暗いきびしいものだったからです。

『土』はすぐれた作品ではありますが、何を描いているかといえば、農作業のつらさと農家の貧しさなのですね。その点では描写は迫真的です。むろん自然描写も出て来ますが、しかしその自然というのは、農民の労働をいっそう苦しくする苛酷な条件として表現されています。例えば冬は木枯しが吹きすさび、つらい畑仕事をいっそうつらくする。梅雨時は梅雨時、夏は夏で、自然は人間に敵対する。たんに農作業をつらくするだけではない。嵐を吹かせたり、大水を出したりして、農民の苦労の結晶を一瞬のうちに水の泡にする。

『土』に描かれた農民は、ぎりぎり生存可能な状態で、虫のように土を這っている人間です。教養も慰さめも理想もなく、ただ本能にうながされて盲目的に生きてゆく人間です。長塚節はご承知のように茨城県の地主であって、小作農民に対して同情をもっておりました。しかし、その同情の眼をもってまわりの農民を見ると、土を這う哀れな虫のように見えたのです。人間はこうまでして生きてゆかねばならないのだなあ、農民は社会の一番しんどい働き場所を受けもって、一生働きに働いて死んでゆくのだ、よろこびといっても精々盆踊りくらいなんだ――『土』という小説はこういうメッセージをわれわれに伝えているのです。

肝心なのは、ここで造型されている農民像は、本人たちとは関わりなく、学校出の知識人によってとらえられた農民像、つまり近代的な個の意識によって作りだされおしつけられたイメージだということです。長塚節は在村地主でありますから、農民生活の外面的な事実はよく知っているけれども、農民の内的な世界は知らない。それとは全く切れてしまった近代人なのです。実は農民には彼などのうかがうことのできぬゆたかな世界体験があるのに、そこへ眼をとどかせる方法を彼は全く失ってしまっているのです。

農民文学史のおさらいをやっているわけにもゆきませんから、もう一例、島木健作の場合をとりあげてみましょう。彼は昭和十二年に『生活の探求』という小説を発表し、当時はやりの転向文学ということもあって、ベストセラーになりました。都会で共産主義運動をやっていた青年が転向して、故郷の農村へ帰って自分の足許を見直すというテーマの小説です。

これはなかなかおもしろい問題を含む小説ですけれども、農村との関連だけにしぼってお話しますと、農民生活を『土』のように悲惨なものとして描くことはしておりませんけれども、村の現実をいろんな古い因習にからまれて、矛盾を抱えこんだものととらえています。つまり島木健作にとって農民生活とは、何よりもまず改善すべきもの、変革すべきものであるわけです。つまりこの小説の主人公は共産主義は捨てたものの、社会の改善という見地から農民生活を見てゆくことはやめていないのです。

もちろん、農村の現状を改善するのは必要かつ結構なことでありますけれども、一個の文学作品としていえば、農民の生活を近代知識人の目で外からのぞきこんでいる点では『土』と全く変りません。

こういう社会派文学的な農村のとらえ方をした作品は、いくらでも例をあげることができます。戦後、農村は農地改革という激動に見舞われて、大きく変ったわけですけれども、和田伝の『鰯雲』という小説は、そういう変動を地主一家の解体というかたちで描いたものです。この人は自分自身、地主として農村に腰を据えて作品を書いていて、農民の心情や生活実体はよく知っている。しかしそれを描く視点はやはり知識人のものです。

一方、こういう社会派とは別に、農民のもつしたたかな土俗性、それにもとづいて繰りひろげられる哀歓をユーモアたっぷりに描くやり方があります。その一例は伊藤永之介ですが、こういう土俗派の場合、俺は百姓のしたたかさもずるさも、その裏にある悲しみも、さらには村落の仕組もよく知っているぞというのが自慢なのです。たしかにそのまなざしは外から注がれているのではなく、逆に農村自体の内部から都会の知識人に向けて、村とはこういうものなのだぞと教える趣きのものです。しかしこの場合でも、造型される農民像はあくまでも、近代知性によって外から把握されたものにすぎません。

つまり、日本の近代文学者というのは、農民を初めとする前近代の民の精神世界から完全に離脱することによって、知識や学問や芸術の世界の住人となることができたのでありますから、農民を描こうとするとき、彼らがどういう精神世界に生きているか、まったくわからない。だから外形を描くしかないわけで、労働の苛酷さとか、貧しさとか、村内部での因習とか、そんなことしか物語れないのです。農民の内面、つまり心理や感情を描く場合にも、単純さ素朴さ、その反面としてのずるさやしたたかさといった、社会的類型としての性格しか描けない。

逆に彼らが何を描かないか、いや何を描けないかというと、まず彼らは農民の信仰が描けない。信仰と結びついた年中行事や民間伝承の世界が語れない。第一、そういうことをよく知らないし、知っていても侮蔑しております。さらに農作業の感覚、農作業を通じてひろがるコスモスの感覚がまったくわからない。従って自然の四季の様相や、人間とともに生きる種々の生きものたちのありかたが、農民の意識のうちにどのような宇宙となって存在しているかということに至っては、理解どころか感受さえできないのです。

ところが石牟礼さんの農村あるいは農民の描きかたは、そうした日本近代文学の描いた農民や農村とは全く異質なのです。それとはまったく逆といってもよろしい。彼女の作品には、農民生活の貧しさとか、農作業の苦しさとか、村落内の生活の窮屈さなどはほとんど出てまいりません。話のつながりで、いくらかは出て来るにしても、主要な意味は担っていないのです。むろん彼女はそういったことを熟知しているわけですし、自分の幼い頃のわが家の貧しさも卒直に語られています。また日本資本主義の出現のかげで、農民たちが流民化してゆくあり様も、ヴィヴィッドに描かれています。しかしそれは、農民生活自体を悲惨とする捉えかたではありません。

それでは何が描かれているかというと、まずこまごまとした農事が語られております。田作り、畑打ちはいうまでもなく、室内の作業から料理に至るまで、農民生活に付属する一切の仕事が、ときには自然主義的細密描写を思わせる仕方で描かれています。それから農村の自然、野や川や森や山、その四季の移り変りの諸相が描かれています。さらに、農村の土俗的な信仰、井戸には井戸の神が居り、山には様ざまな精霊が往き来するようなアニミスティクな世界が語られています。

そんなことなら、これまでの農民文学だって描いて来たんじゃないかとお思いかも知れませんが、その描きかたが全く違うのです。農事といっても、彼女はそれを労働とは捉えておりません。自然あるいは大地との対話とみなしておられる。彼女は農作業のつらさはもちろんよく知っている。だが、そのつらい労働を人間はなぜ何千年も続けてこられたのか。食うためであるというのは、およそ人間を馬鹿にした考えかたで、そんな考えかたは人間の労働を経済行為としか捉えられない憐れな近代の固定観念にすぎない。食うという行為はそのまもっと広くて深い生命活動の一環であります。石牟礼さんの作品は、農にまつわる様ざまな作業を、よろこびにみちた生命活動として描いているのです。

彼女は労働を対象から決して分離させません。作業は生きたものに関わり、そのもの＝対象の生命を実現する行為です。ですから彼女は農作業を描いているのではなく、人間が農作業という形で、物象つまり土や作物のゆたかな内実と関わってゆく経験を描いているのです。『椿の海の記』のテーマのひとつは、この土と作物といってよろしい。土や作物がこんなに肉感的にゆたかに描かれたことが、これまでの農民文学にあったでしょうか。

つまり石牟礼文学においては、農民は農業といういとなみを通じて、何よりもまず森羅万象、つまり世界を経験しているのです。そういう角度から経験された世界の内実を復元しているのが石牟礼道子の文学なのです。農民が農業労働を通して経験する世界とはどういうものであるのか。それが知識人たちには全く思いもつかぬようなゆたかさと深さをもった世界であるということを、石牟礼道子はこの国の文学史上初めて明らかにしたのです。

ここで私は、世界といってもふたつあるということを申しあげておかねばなりません。ふつう世界というのは、世界地図上に表示された諸国の全体像のことです。世界情勢などというときの世界は、この意味の世界です。幕末の日本人が、世界は五大洲から成り立っており、日本はアジアの東端に位置する小国にすぎないとさとったという場合の世界も、この意味の世界であって、仮にそれをワールドと呼んでおきましょう。ワールド的世界は言うまでもなく文字＝知識によって構成され知覚されるものです。知覚といっても二次的擬似的な知覚にすぎません。

ところが私たちはこういう意味の世界には実際のところ住んでいないし、それを本当の意味で経験することもないのです。私たちが住んで経験している世界は、水平に拡がる並列的な多様性ではなく、生きている自己を中心として構成される同心円的な統合です。大地に立つ自分をとりまき、自分の心音となって鼓動する万象、つまり家族・交友といった限られた人びと、建物や町並、そして吹く風、香る花々、とりわけ樹木たち、遠くに望む山脈、空にきらめく星辰、そのような具体的で統合された森羅万象の世界を私たちは自分の生きる世界と感受しているのです。そのような世界を仮にコスモスと呼んでおきましょう。

私は先に、農事、自然、信仰といったふうに、石牟礼文学の描写対象をあげておきましたが、それはひと言でいって日本の農民が感受し、その中で生きて来たコスモスそのものにほかなりません。石牟礼さんの自然描写の美しさには定評がありますが、日本の近代文学者には、彼女に優るとも劣らない自然描写の妙手は少なくはないのです。しかし彼女の自然描写が独特の美しさをもつのは、知識と自我意識によって自然と分離する以前の、前近代の民のコスモス感覚が輝いているからではないでしょうか。おなじことは信仰についてもいえます。いわゆる民間信仰については、民俗学の立場からのゆたかな業績があるわけですが、そういう学者さんは民間信仰に同情は持っていても、それに本心から共感する感覚はお持ちだったかどうか。石牟礼さんの作品では、村の信仰は外からでなく内から描かれているのです。私は柳田国男さんが石牟礼さんの作品を読まれたら、何とおっしゃっただろうと、つい想像してしまいます。

私はこれまで農民という角度から、石牟礼さんの作品を考えてまいりましたが、そういう枠はそろそろとりはずすことにしましょう。何も農民と限ることはないのでして、彼女の作品に即して言いますなら漁民の存在も大きいし、その他いろいろな職業の村人が出てまいります。一言でいうなら前近代の民ということになりますが、彼女の真意からすれば、彼らはすべて文字以前の世界に生きる人びとと定義してよろしい。

文字以前といっても文盲という意味ではありません。少くとも建て前としては小学校は出ているわけですから、まるまる読み書きが出来ないのではない。しかし多少なりと読み書きが出来ても、彼らは本質的に文字と縁のない生活を送っています。というのは、文字によって構築された世界、書物から始まってビューロクラティクな制度・組織・機関に至る抽象化された知識の世界と無縁であり、それから疎外された存在だということです。逆にいえば、彼らの住んでいるのは物象と音声の世界です。声音《こわね》としてのことばは物象から遊離していないだけではありません。彼らはことばでは表現できない事象とのゆたかな関わりを日々生きています。文字以前、ことば以前であるからこそ、コスモスのゆたかな原初のひびきと色が感受できるのでしょう。石牟礼さんの作品は何よりもまず、こうした前近代の民の感受しているコスモスの実相を表出したものとして読まれるべきだと思います。文字以前の世界に彼女が強いこだわりを見せる事実に、この際思いを致していただきたい。

しかしなぜ彼女は、わが国の近代文学史上初めて前近代の民のコスモスを表出する作家になりえたのでしょうか。農村に育った文学者はいくらでもいます。彼らのことごとくが近代的な知識人への上昇の過程で、そういうコスモスへの感受性を喪ってしまったのに対して、ひとり彼女のみがその表現者になりえたのはなぜなのでしょうか。この問に答えるには、彼女のいわば独学的な文学素養の形成されかたを明らかにする必要があるのかも知れません。しかし決定的なのは次のことだと思います。

前近代的な文字以前の世界に生きる人びとといっても、現実には彼らは近代に生きているのです。正確にいうと近代の周辺に生きているわけですが、実は石牟礼さんのテーマは、そういう人びとが生きている精霊的な世界それ自体にあるのではなく、そういうコスモスが近代と遭遇することによって生じる魂の流浪こそ、彼女の深層のテーマをなしているのです。その代最初に断わっておきましたが、彼女は前近代的な文字なき民の一員ではないのです。その代弁者でさえないと私は思います。その層からどうしようもなく超出する自我において、彼女の文学の核がはぐくまれたことを忘れてはなりません。ただ彼女は、コスモスから剝離する自分の意識が生む孤絶感を、個的自我に即して表出するという、数多の近代文学者がたどった道をたどらずに、逆にその孤絶感を、近代と遭遇することによってあてどない魂の流浪に旅立った前近代の民の嘆きと重ね合せたのです。それがふたつの処女作、『苦海浄土』と『西南役伝説』の意味であったと私は思います。文字なき民のコスモスは、このような重ね合せのなかから発見された、いやあえていうなら創造されたのです。

最近石牟礼さんは『あやとりの記』（一九八三年・福音館）『おえん遊行』（一九八四年・筑摩書房）と、二冊単行本を出されました。雑誌に発表されたのは後者の方が先だったのですが、手入れにひまどった関係で、出版はあとさきになったわけです。この二冊を手がかりに、今日の論題をもう少し深めてみましょう。

『あやとりの記』は福音館の『こどもの館』という月刊誌に連載されましたので、文体もです・ます調で、メルヒェン風な仕立てになっております。宮沢賢治を思わせるところもかなりあります。みっちんという五歳くらいの少女が主人公で、母親ははるのさん、祖母さんがおもかさまという狂女でありますから、『椿の海の記』を読まれた方はこれが作者の自画像だとすぐわかります。

物語はみっちんとおもかさまのコンビが、野山で遭遇するさまざまな出来事を通じて展開してゆきます。母親はまったく出て来ません。これはみっちんが野や山や海が大好きな女の子で、あるときはおもかさまに連れられて、あるときはひとりで、野や山や海の不思議と出逢ってゆくという話の進行になっておりますから、みっちんの家のことはほとんど語られないのです。そのかわり、岩殿《いわどん》、仙造、ヒロム兄《あに》やん、犬《いん》の仔せっちゃんなど、非常に魅力的な人物が出てまいります。

岩殿というのは村の死人焼き場にひとりで棲んでいる隠亡さんで、焼き上った死人の膝の皿を、真夜中に焼酎のみのみかじっていると噂されているような老人です。片足の仙造爺さんはいつも萩麿という馬を連れていて、職業は馬車ひきであるらしいのですが、それよりも春蘭やもっこく蘭を採りにいつも山中に入っていて、猿どもを引き連れて沢渡りをするという噂です。この二人は実に生彩ある個性として描かれていますが、大事なのはこの二人が山や海の秘密に通じているということで、彼らはいわばみっちんの冥府くだりにおけるヴェリギリウス役を勤めているのです。

犬の仔せっちゃんというのは女乞食です。懐にいつも犬の仔を入れているのでこの名があります。昔日本の町や村には名物の乞食が居たものですが、彼女もそうした名物のひとりなのです。ぽんぽんしゃら殿というのは気のふれた女で、からだ中に細長い布切れをまといつけて、それをひらひらさせながら歌ったり踊ったりしながら徘徊しています。大男のヒロム兄《あに》やんは気がふれているわけではありませんが、かなり頭の弱いしかし善良この上もない青年です。時にはチンドン屋の旗持ちなどもしますが、ふだんは山中を放浪しているのでみっちんのよき顔馴染です。

こう見て来ると、彼らはみなふつうの意味の村人ではありません。いずれも村社会の周辺に位置していて、半ば異界に入りこんでいる存在です。しかし村人たちはこういう異人たちに対して、畏敬と愛情をもって接しています。荒神の熊ん蜂殿という仇名の婆さまが出て来て、これは虫の居所が悪いと辛辣な言葉でずくりとひと刺しし、やられた相手が三日寝こんだという逸話の持ち主なのですが、この婆さまは作中に登場する唯一のふつうの村人ではあるけれども、この世の奥にある異界への感受力という点では、岩殿や仙造におさおさ劣るものではありません。

しかしこの物語のほんとうの主人公は、あえていえば彼らではありません。彼らが折にふれてその存在と触れあっているようなこの世の奥の異形のものたちこそ、この一見牧歌的童話風な物語の真の主人公なのです。

異形のものたちとはもちろん、何よりもまず山の様ざまな精たちであり、さらに狐や狸たちであります。狐や狸は怪異を現わすけものとして、民話的ないし怪談的な想像力を代表する存在でありますけれども、ここに登場する彼らはもっと濃厚な農民的想像力で裏打ちされています。たとえば大寺《うでら》のおんじょという古狸は、畳三十枚ほどのうーぎんたまの持ち主で、麦や粟の収納に使う筵《しの》がないときは、濁酒を一升さげてゆけば、うーぎんたまを筵がわりにして貸してくれるのです。また、しゅり神山の黒べことという狸は作物荒しをする困りものですが、「三光鳥や　西むいた」と唱えると、美しい鳥にあこがれてどんどん西の方へ行ってしまうという変な狸です。

狐では宇土んすぐりわらというのが際立っています。名前通りふだんは水俣よりずっと北の宇土に住んでいるのでしょうが、船頭さんを化かして舟に乗り大廻《うまわ》りの塘《とも》にやって来ます。すぐりわらというのは稲の茎についた籾《もみ》や葉や泥を落して藁を選びそろえる仕事のことですが、この狐はそのすぐりわらの名人で、一晩のうち人間なら二、三十人分の藁をすぐりあげてしまいます。しかもけちんぼの分限者《ぶげんしゃ》の田んぼであれば、籾の部分だけ「あの太か尻尾で、しゅっしゅら、しゅっしゅら飛ばせて」貧乏百姓の田んぼに移してしまうのです。

しかし、この世の奥にひしめく異形の群の例として狐や狸をもち出すのでは皮相にすぎるでしょう。この世ともうひとつの世をつなぐのは、あるいは巨きな木の洞《うろ》であったり、ぼうぼうと雪の降りこめる空間であったり、「あのひとたち」によって美しくしつらえられた藪くらの穴であったりするのですが、そういう通路にはいりこめば、あらゆるものが日頃とは異なった姿となって舞い始めるのです。たとえば猫貝という「猫がおはじきをして遊ぶのにちょうどよいようなかわいらしい貝」は、「えっしゅら　しゅっしゅら」と唄いながら、姫《ひめい》が浦まで家移りをしますし、それを見た椪山のどんぐりの冠舟はつられて、なりそこないの風笛のような声を出し始めます。

きゃあがら（貝殻）　きゃあがら
きゃあがら帆
姫《ひめい》が浦まで
きゃあがら帆

そう歌いながらどんぐりの冠舟たちは、「しんしんと透きとおっている夜空に」漕ぎ出して行くというのです。

こういったものたちに、みっちんの唱えごとに応じて岩蔭から現われ、芒の穂やよめなの花首をちょん切って綿をすぐりとる蟹たちなどを加えると、この世の奥に在る風景はさながらメルヒェンの色を呈してまいります。しかしそれはメルヒェンの世界とは、実はよほど違う世界なのです。

「あのひとたち」とか「あの衆《し》たち」と呼ばれる精霊的なもののうちには、「もたんのもぜ」を代表とするようなガーゴがいます。ガーゴというのは怪物です。また「迫《せこ》んたぁま」というのは、山奥でいろいろな声や音を聞かせるあやかしです。また「髪長まんば」という、西風に乗って長い髪を先にして飛んでくる姥がいます。三尺ばかりの身長で、機織りをする女怪だということです。さらには、彼岸のときに入れ替る「山の衆たち」「川の衆たち」がいます。これは民俗学的にいえば河童に類する存在でしょう。

むろん山の神がいます。山に遊びに行って木登りばかりしているみっちゃんは、つねづね「山の神さまに気に入られて、山童《やまわろ》にしてしまわれたらどうするか」と叱られています。山の神さまは日をきめて山の木々の数を「算用《さんにょう》」するのだそうで、その日に人間が山にはいると「算用」の数に入れられて木にされてしまいます。

山の神に対応するのは海神さまです。仙造は山中で「あの衆《し》たち」のんべい酒をうっかり飲んでしまうのですが、その際馬の萩麿にわるさをされて、萩麿は病みついてしまいます。そこで仙造と岩殿が萩麿を連れて願かけに行く先が、岬の突端に鎮座する竜神さまなのです。山の神は姫神ですが、竜神は男なので姫神の怒りをなだめてくれるのだそうです。

さて「あの衆たち」の正体ですが、この場合は彼岸に山入りして山の精となったもと川の精たちのようです。河童《かわわろ》と馬の関係は柳田国男の『河童駒引』（『山島民譚集』所収）以来おなじみの話題ですけれども、石牟礼さんの「あの衆たち」は民俗学の対象たる民譚の世界を下敷きにしながら、ずっと道子風に色変えされているように思うのです。

というのは、ヒロム兄やんが山中で一位の木を切り倒したとき手伝いをしてくれたという「あの衆たち」は、身の丈二尺ばかりの「影のような衆たち」だったといいますが、彼らは加勢しながら何とこういう唄を歌うのです。

ごーいた　ごいた
今日の雪の日
鋸《のこ》曳く者はよ
なんの首曳く
親の首
ごーいた　ごいた

いくらなんでも、みなしごのヒロム兄やんにあてつけるにはひどい唄だとみっちんは憤慨するのですが、実は作者はこういう唄によって、善良きわまるヒロム兄やんの内奥に、この世に在ることの罪業感を塗りこめているのです。『あやとりの記』がフォークロアの世界を下敷きにしながら、それを一歩も二歩も抜け出した世界、石牟礼道子独特の異次元宇宙の創造となっていることを忘れてはなりません。ちなみに、作中に出て来る民謡風の唄はみんな作者の創作であります。

この作品に溢れかえっている異形のものたちが、作者自身の特異な想像力の所産であるのは、実は冒頭の「三日月まんじゃらげ」と題する章からして明らかでありました。雪に降りこめられた洞《うろ》のような町角で、祖母と孫は「客人」の通過する気配をまざまざと感じるのですが、作者はそのときおもかさまとみっちんの魂が入れ替ったと語るばかりでなく、「雪を被《かつ》いているものたち」のすべてが、自分の形から脱け出し、入れ替りながらそれぞれの物語を囁きあっていたと書いています。客人つまりそれぞれのもの、、、のたちとは何でありましょう。実にそれは電信柱、橙《だいだい》の木、塵箱、電線の上の燕、台所の漬物石、マッチの空箱、馬糞、大根やからいもの尻尾、その他もろもろのものたちであります。

「ものたちの賑いの時間」と作者は称《よ》んでいます。また「大地の深いところで演奏されている生命のシンフォニーが、降る雪に呼吸を合わせて、静かに地表にせり上ってくる、そういう時間」とも書いています。仙造爺さんの馬車から転り落ちた青蘭の蕾が誘い出した異次元の時間・空間は「八千万億那由他劫」の世界です。みっちんはおもかさまが口にしたその言葉を「はっせんまんのく、泣いたの子ぅ」と聞いてしまいます。

映画のように場面は変って家の中です。やはり先の続きの雪の夜なのです。おもかさまの傍らで睡りに入ろうとしているみっちんの、夢ともうつつともつかぬ意識の中に、先に述べたよう猫貝の家移りやら、どんぐりの冠舟の漕ぎ出しやらが現われるのですが、遠くでは八千万億年むかしの火山の噴火の音がしています。この音はおもかさまとみっちんの二人だけに聞えるのです。つまり「青みどろの世界の中で、昔と今が、いつのまにか入れ替わりはじめてい」るのです。われわれは初めて知ることが出来ます。この物語を支配しているのは近代的な不可逆の直線的時間ではなく、循環し交錯し重合する多次元的な時間なのだと。また、近代的に整序された均質空間ではなく、様ざまな異質な空間がくびれた通路でつながりあう多次元空間なのだと。

「天と地との、空と海との、この世と前《さき》の世の入れ替わり」が続くうちに、闇の中から一輪の白い水蓮が浮き上り、その葉に裸のやせた赤ちゃんが乗っています。みっちんはそれが生れる前の自分であるように感じます。ここではもちろん、先の「はっせんまんのく、泣いたの子ぅ」が利いております。すなわち作者はこの赤児のイメージで、人の存在の絶対的なわびしさを語ろうとしているのです。そのわびしさは、みっちんが川添いの藪くらの中で、いろいろなものたちの声を聞きながら味わったという「なんだか世界と自分が完璧になったような、とてももの寂しいような気持」と別なものではありません。

みっちんは水蓮の葉や草の葉先で、今にもこぼれ落ちそうな露の玉を見ると、「生まれない前のわたしかもしれん」と思って、息が止まりそうになることがあります。そして「なんとその自分に逢いたいことか」と考えてしまいます。それはどうしてなのでしょうか。

みっちんは「迫《せ》んたぁま」についておもかさまに聞いたことがあります。婆《ばば》さまの答は「この世に居りきらん魂じゃ」というのでした。恥かしいのでこの世に居れずに、形を持たぬ魂だけになっているというのです。「迫んたぁま」は水俣の民話の世界の一員に違いありませんが、この解釈はおもかさまの独創、つまり作者の独創です。つまり、この世に居るというのは、作者によればそれほど羞かしいことなのです。

「この世に居ることが辛くて、顔を隠し、肩を隠し、躰を片側隠し、とうとう消えて魂だけになり、空に浮き出ている一本咲きの彼岸花のような、美しい声だけになっている」迫んたぁまは唄います。

ひとつ　ひがん花

とん　とん

こっちを向けば　恥ばかり

あっちを向けば　夢ばかり

とん　とん

みっちんは迫んたぁまになりたくて身の細るような思いがします。しかし、そのためには「もっともっと、せつない目に逢わなければならないのではないか」。みっちんは犬の仔のせっちゃんが町の悪童たちにいじめられている光景を思い出します。「いやだいやだ、目というものがあるのはいやだ。いろいろ見えてしまうからいやだ」。

「生まれない前のわたし」に逢いたいというのは目のあることの恥、つまり存在の原罪感を知らぬ自分に帰りたいということでしょうか。それとも、そういう原罪感の源にさかのぼりたいということなのでしょうか。そこのところは作者に聞いてみなければわかりませんが、人間であることが羞かしいというこの原罪感は、ものたちすべてが生命の祭りにさんざめいているよろこびの世界の底にはりつめられたかなしみとして、石牟礼道子の文学宇宙の最深の音色を表わしているのです。浜辺で様ざまなものたちの気配をひきつれて舞っているぽんぽんしゃら殿の歌う唄に耳をとめて下さい。彼女は「人のゆくのは　かなしやなあ／鳥のゆくのは　かなしやなあ／雲の茜の　かなしやなあ」と歌っているのです。

『あやとりの記』が作者の幼少時の牧歌的な記憶をちりばめたたんなるメルヒェンではなく、南九州の土俗信仰を生かした民話風な物語ですらなく、現実世界の奥のまた奥のところに忽然と出現する異界の物語、言い換えれば、世界が現実の窮屈な枠組を脱け出してよろこばしい変貌を遂げる奇蹟劇であることを、以上のくだくだしい説明で何とかお伝えできたでしょうか。つまりこの物語はわれわれが日頃接している野や山や川や森には、もうひとつの隠れた相貌があると告げているのです。それは啓示と予感にみちたゆたかな生命相でありますけれども、そのような未分化な生命の源泉へ主人公を導いてゆくのが、かなしみのはりつめた現世からの剥離感であることを見落してはならぬと思います。

今日の話の出だしに戻りますならば、この作品を貫いている異界への感受性は、前近代の民が幾代にもわたって蓄えてきた文字以前の豊穣なコスモス体験を受け継ぐなかで培われたものであります。それを踏まえることなくしては、この作品は成り立たなかったということができます。しかしそれと同時にこれが、そのような民俗的感覚を、作者の個としての存在感覚によって昇華し変形することによって創造された高次に個性的な作品であることを忘れてはなりますまい。つまり『あやとりの記』は、日本の近代文学者が全く感知できなかった前近代の民の世界感覚をみごとに表出した作品であるとともに、そのような共同的感覚から脱け出た近代的個の存在感覚を刻印された作品であることを私は確認しておきたいのです。

私はまだ『あやとりの記』を全面的に論じきれてはおりません。私の考えでは、これは石牟礼さんがこれまで書かれた作品のうちで最高のものです。完璧な仕上りといってよく、しかも包含するものが非常に深い。この作品の真の主人公は「あの衆たち」、つまりこの世の奥にうごめく異形のものたちだと申しあげましたが、これは文芸批評につきものの誇張でありまして、作品の魅力は岩殿、仙造、ヒロム兄さん、犬の仔せっちゃんなどの登場人物が生彩を放っていることにあります。私はこれまでの日本近代文学には、社会底辺あるいは周縁の人物たちにこんなふうな光の当てかたをした作品はなかったと思うのです。

その描写の魅力をうかがうために、ひとつだけ情景を取り出してみましょう。みっちんは火葬場の岩殿に興味をもっていて、その日もまわりの松の幹にかくれて様子をうかがっているのですが、岩殿はそれを知っていて木苺の蔓をさし出したりして少女を釣り出そうとします。みっちんがなかなか出て来ないので、岩殿は「大寺《うでら》のおんじょ」の唄を歌い出します。これは七十八行にわたる即興の物語詩で、大変面白いものですが、爺さまの唄い踊る姿につられて、みっちんは思わず「おんじょの舟をば／曳いてくる／ほっ　ほっ」と、唄の最後のフレーズを口真似しながら跳び出してしまうのです。

この情景はぜひご自分でお読みいただきたい。そうすれば、こんな情景はいまだかつて日本近代文学で描かれたことがなかったという事実を、心からご承認いただけるものと思います。

さてそろそろ、『おえん遊行』のほうへ話を移さねばなりません。これは必ずしも成功した作品ではないと思いますが、石牟礼さんの作品宇宙の特質がとてもよく出ている物語だと思います。舞台になっているのは竜王島という仮空の島で、これはどうも天草、それも上島下島という本島ではなくて、それにくっついている小さな島であるらしい。時代は江戸時代であるようです。らしいとか、ようだとは、われながら情けない言い方ですが、この小説の時間と空間はそういう言い方しかできないほど非現実的なのです。

竜王島は今いいましたように天草の小さな島で、近くには姫島、先島というおなじような小さな島がありまして、これらの島々はいわば親戚の間柄で、何かにつけて往来があると述べられています。しかし私には、この島はどうも非現実的な幻の孤島であるように思えてなりません。

といいますのは、この島は台風に襲われて舟を全部さらわれてしまい、ほとんど一年余り外界との交通が杜絶してしまうのです。いくら島に舟が一艘もなくなったからといって、姫島なんぞは目の前のところにあるのですから、親戚づきあいしているのなら向うから様子を見にやって来そうなものですが、それが全然訪ねて来ない。姫島の方も舟を全部さらわれたのだと作者は言うかも知れませんが、そんなにうまく問屋はおろすものではありません。日常の交通は全く絶えているくせに、旅芸人夫婦が舟で訪ねて来たりする。全く話の通じない設定になっております。

またこの島には、アコウの巨木を中心とする集落がひとつあるだけのようです。なぜならこの木の枝につないでいた舟が嵐で持ってゆかれて、それで島には舟がなくなったというのですから。事実、作中に出てくるのはひとつきりの集落です。ところが最後近くの秋祭りのところで、本舟を作れなかったかわりに小さな祭舟が、村の数だけ波に浮かんでいたと書かれている。そんな村のことは聞かなかったし、これまでの話とも矛盾するわけです。

それやこれや併せると、私はこの島が一応現実の空間のようにしつらえられてはいるが、実は非現実の幻の島であるような気がしてならないのです。嵐による舟の喪失というのも、非現実的な孤絶感をただよわすための設定であるように思えます。天草という現実空間を透かして出現するのは非現実の孤島です。アコウの巨木を中心とした小さな集落がぽつんと海上に浮かんでいる印象なのです。ちょうど星の王子様が住んでいるのが、バオバブの木が一本だけ生えている小さなプラネットであったように。

おなじことは時間についてもいえます。時代が江戸時代に設定されているのは、踏絵をさせるために役人が来島したり、流人が配属されたりしている点から明らかですが、どうも江戸時代のいつごろのことやらわからない。雲仙で切支丹を処刑した話がまるで昨日のことのように語られていますが、天草に京坂地方から流民が流されて来たのは享和三（一八〇三）年以降です。それはいいとして、どうも私には、一応設定された江戸時代という現実の時間を透して現われるのは、非現実の時間であるように思える。というよりここには歴史的時間が存在せず、永遠の共時的な生の相がそれこそアコウの恐竜めいた根のごとく露出しているだけのように思えるのです。

以上のことを私は非難しているのではありません。むしろ、そうした現実の時空と非現実の時空が二重映しになった構造に、この作品の特異性と実験的な意欲を認めたいと思っているのです。ただ、そういう二重構造の構築が必ずしもうまく行っておらず、現実としては非現実的すぎ、非現実としては現実すぎる半端さを感じざるをえないことも、最初に申しあげておきます。

この小説は、夏の台風の襲来で痛めつけられた竜王島が、その上蝗の大群に襲われ、さらにひでりが続くという惨状の中で、村人たちが必死に雨乞いを行い、その甲斐あって雨に恵まれて冬を越し、また春・夏と季節がめぐって秋の竜神祭りをいとなむという、一年あまりの時の経過を追って組み立てられております。といっても筋らしい筋はほとんどなく、旅芸人がやってくるといった小さな出来事がいくつか語られているだけです。

主人公のおえんは気のふれた女乞食で、懐に「にゃあま」という精霊を抱いていつもそれと対話しています。このにゃあまはあるときはまだ目の見えぬ小鳥であったり、猫の子であったり、あるいは御嶽さんのお守りであったりするのですが、それはいわば形しろで元来は形のないものであるらしい。このにゃあまとの対話はむろんおえん自身と、にゃあまになり変ったおえんとの間で、ひとり芝居の形で行われるのです。ちなみにこの物語が月刊誌『潮』に連載されたときの表題は『にゃあま』となっておりました。

おえんはどういうわけでこの島にやって来たのかよくわからないのですが、以前はおえん御前と呼ばれていたとあり、乞食とはいい条、振舞が優雅でものやさしい、一言でいうときわめて上品な狂女に描かれています。この女には、おもか様の面影が宿っているように思われます。

島人たちはこの無害な狂女に好意以上の畏敬めいた感情を持っています。というのは、この女が、島人が風害と蝗害で苦しんでいる時に、貝や流木を拾い集めて家々の戸口に置いてゆくようなやさしい心の持ち主だからでありますが、より根本には、彼女の狂った言動、とくに彼女とにゃあまとの問答に、島人たちがひそかに暗示や啓示を読みとっているからであります。

この物語にはおえんの他に、台風の時に流れついた啞娘や、京都出身の流人のゴリガンの虎が出て来ます。啞娘は阿茶様と名づけられて、寺で養われるようになり、いつのまにかおえんとよい組合せとなって島人の心を慰めます。ゴリガンの虎というのはこの島に預けられた流人で、島抜けを失敗して磔にかけられ、物語の現時点では、故人として人びととの思い出話に登場するだけです。

島人たちは虎が在島した頃から、なみなみならぬ好意を寄せていました。この男はお人好しの淋しがり屋で、ある年の雨乞い行列の際、許されて鉦を打って舞った時の楽しげな様子を人びとはまだ憶えていて、今でもゴリガンが海から舟でやって来るような気持でいるのです。作者はゴリガンの虎が島へ流されて来た当座、島人は「一日に幾度か話に出さねばもの足りぬくらいだった」と述べています。

作者は島に棲む者たちの人なつかしい心を説きたいので、この人がなつかしい恋しいという情は、この国の基層に生きる庶民たちの最も核心的な心性として、つねづね作者によって強調されているところなのです。島人がおえんや阿茶様やゴリガンの虎に情をかけるのは、こういったいわば世外の人びとのうちに、人恋しさの切ない悶えを見とっているからです。彼らはそういう悶えのゆえにこそ、狂気になったり罪を犯したりものを言わなくなったりしたのだと、島人には感じられるのでしょう。むろん彼らは、そういう世外の人びとと呼応するおなじ悶えを自分のうちに抱いているのです。

島人のそういう情愛は、この島にどこからか降ってわいた一匹の牛に対してさえも噴きこぼれます。おえんさまがアコウの木の下の渚で、この牛と話しこんでいるのを人びとは発見するのですが、さてこれがどこからやって来たのかがわからない。海を渡って来たにしては手綱が濡れて居りません。とにかくお寺で飼うことになりますが、この牝牛はえらい年寄りのようでそのうち死んでしまいます。人びとはこれが都にいるというゴリガンの虎の老母だったような気がして、心が悶えてならぬのです。

この物語の第三章には『悶え神』というタイトルがついています。悶え神さんというのは水俣あたりで、他人の不幸はもとより、この世の切ないありようを見聞きすると、身を揉んで悶えるような仏性の人のことを言うのでして、私はこの物語はひと口で言って悶え神の物語であるような気がしてなりません。

この物語では渚にあるアコウの巨木が大きな意味を持っていて、おそらく蔭の主人公といってよいかと思うのですが、ひでり続きに苦しむ島人は雨乞いのために、この木をあぶり焼きするのです。つまりこの木には竜神が鎮座しているわけで、雨を催促する意味で木をあぶるのです。なりものを催促して木を叩いたりする習俗にみられるように、神や精霊に強要する行為はかつて全国に行われていた民俗でありまして、島人が海から来る客人や寄りものを待ち望む心理と併せて、この作品には民俗学的知見と通じる面が濃厚にあるように思うのですが、今私の言いたいのはそのことではありません。

島人は自分たちがあぶり焼いたアコウの木を見て、神が自分たちに代って苦しみ悶えてくれているように感じます。大事なのはここのところです。つまり竜神は島人の苦しみをわが苦しみとして悶える神なのであります。そしてまた、アコウの木をあぶり焼く島人は、そのことによってわが身をあぶり焼いているのです。

この物語は火の物語であります。『あやとりの記』は深い闇を含みながら、さんさんと明るい光の物語でありますが、『おえん遊行』は全体が闇に沈んだ世界の物語のように感じられます。そしてその闇の中から、火が燃えあがるのです。物語の冒頭に、深夜おえんが対岸の山火事を見ている場面が置かれているのは意味深いことです。なぜなら、この物語は夜の闇の中で島全体が燃え上るところで終るのですから。

島はおえんと庄屋のつけ火で燃え上るのですが、これにはやや説明が要ります。退屈なさらぬようになるべく簡略に説明しましょう。

島に役人がやって来て踏絵が行われます。この場面はなかなか面白く書けています。役人が「その方の姓名は」と訊くと、その姓名という言葉の意味がわからない。庄屋がやきもきして「名じゃ名じゃ」と教えると、男は定吉と答えます。役人は「さっきのも定吉じゃったが、また定吉か」と、うんざり顔で在所を訊くと、今度はその在所という言葉がわからない。「所じゃ」と役人が言い直すと、「ところは親のところで」と来る。まことに石牟礼道子式問答なのであります。そこで庄屋が「おまいげは、べんど山じゃ」と助け舟を出す。役人はべんど山をどう字で書けばよいかわからない。べんど山はべんど山だと無理矢理納得して、「さっきの定吉の所はどこぞ」と訊くと「さっきのは、牛の通るの定吉で」という庄屋の返事。牛の通るとは、人を愚弄するつもりか。役人はもう筆を投げたい気分なのです。そこにおえんが登場する。

こういう官吏と庶民の喰い違いを描くのは石牟礼さんの独擅場で、『西南役伝説』などの初期の作品にはその種のユーモアがみち溢れています。さて、登場したおえんは踏絵を見ると、いとしやなあ、こういう所に打捨てられてとそれを抱きあげて、口説《くぜつ》とも唄ともつかぬ文句を唱えて舞い始めるのです。結局、踏絵を踏むことは踏むのですが、役人たちが収まりません。切支舟とも思われぬが、いくら気がふれているといっても怪しき挙動をする奴ということで、もとゴリガンの虎が住んでいた小屋に押し籠めになってしまいます。

おえんが閉じこめられた小屋はそのうちに姿なきものの集合所になります。おえんがゴリガンの虎やら、別な島でお仕置になった乙松やらいろいろな霊を呼び集めているのです。そしてそこには、この島の主《ぬし》といってよいような狐のお千が通い、嵐で片眼になったトンビの次郎が棲みついているだけではなく、様ざまな形なきものの気配が寄りついているというのです。ここで『あやとりの記』のぽんぽんしゃら殿が、浜辺で遊びながらひき連れていたのが様ざまな気配だったことを思い出して下さい。

庄屋はおえんの小屋を見廻りに行くうちに、すっかりこの怪しい気配にひきこまれてしまいます。何しろおえんが、よう来られましたと、庄屋を亡霊のひとりであるかのように招じあげ、ありもせぬ酒甕から妙な手つきで酒を汲んですすめるので、最初はぞっと総毛立っていた庄屋も、度を重ねるごとに、自分がこの異界の立ち合い人であるかのような幻覚にとらわれてしまうのです。

アコウの木をめぐって竜王の祭りが行われた夜、おえんと庄屋が放った火によって島は燃え上ります。二人がなぜ火を放ったのか作者は説明していません。神事のなかで、作者は島の女たちに「くるしみの荷を／下してもろうて／さきの世の／海辺に舞わん」と唱えさえていますから、あるいはこの火は苦しみから人びとを解き放ち浄化する火なのかも知れません。あるいはこの火は、人びとのあまりにも深い情愛と積み重なった苦しみが、悶えとなって燃え上った炎なのかも知れません。

しかし、その苦しみとはいったい何なのでしょうか。むろん作品の中では、風害、虫害、ひでりといった農村につきものの苦難が語られています。疱瘡にかかった病人を舟に入れて海へ流す「生精霊」のならわしも書かれていますし、日頃米などたべられなかった老婆の死に際に、耳許で振って聞かすという「振り米」の話も出て来ます。年貢の重さも、刑罰の苛酷さも語られています。ですが、この物語で語られている人びとの悶えとは、そういった類の、従来さんざん誇張して述べられて来た江戸期農民の苦しみに関するものなのでしょうか。そんなことなら、それは社会問題にすぎません。第一、柳田国男さんは、いわゆる振り米などは話にすぎぬと言っています。また作者自身、自然災害や年貢の苦しみについては、形通りの述べかたをしているだけで、特に力を入れているとも思われません。

一方作者は、農や漁に生きるものの生活のゆたかさのびやかさも描いています。島には牛は庄屋の牛しかいないのですが、そいつが段々畑のてっぺんで、青空に向って首をのばして啼くと、それを聞いた島人は「自分では意識もできぬほどの深い罪を許されるような、心の隅々までなごやかな気分になる」のです。

この罪とは何でしょうか。むろん、疱瘡にかかった病人を生きたまま舟で流してしまうのは、共同体のやむをえぬ自衛とはいえ、けっして心から消えることのない罪でしょう。ひとりの人間を狂わせたり、失語に陥らせたりするこの世の仕組み、というより人間の仕組みは、自他ともに免れぬ根本的な罪でありましょう。しかしあまりにリゴリスティクに考えずとも、人が齢《よわい》を重ねるというのは担う荷が重くなるということである。そしてなぜ生きることが重荷になるかといえば、人には情愛つまり煩悩があるからだというしかない。しかし煩悩はまた生きるよろこびの源でもあります。『苦海浄土』中の一人物が、自分は煩悩が深いからまた生れ替って来ると語っていたのを思い出して下さい。

竜王島の島人はまことに情愛の深い人びとであります。というのはこの人びとは、すぐいろんなものに感染するのです。憑依されると言ってもいい。島に傀儡《くぐつ》芝居がやって来て、姫人形が口上を述べると、島人はあわて座り直して、人形にお辞儀をします。つまり彼らはもうかぶれているわけで、人形と人との敷居はなくなってしまっているのです。この人びとは形なきものの気配にもすぐかぶれてしまいます。ましてや、人のよろこび悲しみにはすぐにかぶれるのです。かぶれるというのは、相手が人間であろうとけものであろうと物象であろうと、自他の区別がなくなるということです。そして、このようにもろもろのものに彼らをかぶれさせるのは、彼らの心の中で切なく悶えている情愛なのです。その情愛の深さゆえにこの世は、そして人間の存在はかなしいのです。

先に『あやとりの記』を論じました際に、私は生命に関する原罪感ということを申しました。これはこの世に対する先天的な欠損感と言ってもよろしい。『おえん遊行』を読むと、『あやとりの記』で表出された作者の原罪感・欠損感が、実は近代以前の、いわば中世的な伝統につながっていることを、否応なく悟らされます。作者の近代的な個に刻印された存在のかなしみの根は、前近代の過去の闇に深く降りているのです。

作者は『おえん遊行』の「あとがき」で、「『椿の海の記』と『あやとりの記』は姉妹であり、『あやとり』とこの『おえん遊行』は姪と叔母のような間柄」だと語っています。その意味はいまやよくわかります。竜王島はこの世の島であるごとくしてこの世の島ではありません。それはこの世のずっと奥にあって、人間の煩悩とかなしみが純粋に結晶する異界なのです。ちょうど『あやとりの記』の世界が、そうしたこの世の奥に隠れた異界であったように。そして竜王島は中世につながるような異界でありますから、まさにみっちんの世界に対して叔母に当るのです。

私は中世と申しましたが、『おえん遊行』は江戸時代の物語です。ですが私には、作中に表われている気分は江戸時代すなわち近世のものではなくて、むしろ中世的であるように感じられてなりません。もっと具体的にいうと、この物語にはいちじるしく能に近いところ、浄瑠璃あるいは説教節に近いところがあります。

私がこの作品から能を連想するのにはいくつか理由があります。ひとつはこの物語が夢幻劇であるということです。能は夢ということと、異界のものたちという二つの要素をもつ夢幻劇でありますけれども、『おえん遊行』も現実と夢幻しがいれ替る夢幻劇の構造をもっています。夢といえば私は、この物語全体がアコウの巨木が見た夢なのではないかという気がします。

能では人物が舞いながらもの狂いしてゆくわけですが、このもの狂いということは『おえん遊行』のいちじるしい特色になっています。たとえばこれはさっき言いました踏絵の四、五年前にあった踏絵の時のことですが、役人から名を問われたおえんは、「名前をたずねに参ろうにも、それを下さいた親さまは、十万億土におらいます」と言って泣き出し、口説《くぜつ》を続けながら絵踏み板を抱えあげ、「そこな太郎さま」と役人にすり寄ってゆきます。これは狂っているからそうするというよりも、自分の吐いた言葉に自分がとり憑かれて、だんだんもの狂いの世界に入ってゆくのです。ですからもの狂いというのはたんなる狂態ではなくて、ひとつの演劇的な所作になり舞になってゆくのです。二度目の踏絵のときは「われは　この世のものならねど／久遠のぼんのう捨てかねて／花の時期にや迷うなり」と唄いつつ舞ってしまうわけです。この歌など全く能の詞章でしょう。そしてものに狂うのはおえんだけではありません。阿茶様もそれにつれて舞い出す、つまりもの狂いの世界へはいってゆくのです。

さらに言うならば私には、この物語に出て来る人物はみな能面をかぶっているように感じられます。つまり型であって個性ではないと思うのです。作中には名前をもった百姓たち、老人や若者が出て来ますが、全く個性が感じられない。というより作者がそれを描きわけようとしていないのです。そういう脇役だけではなく、主役級のおえんや阿茶様も個性として はけっして生動していない。これは『あやとりの記』において、岩殿、仙造、ヒロム兄やん、犬の仔せっちゃん、荒神の熊ん蜂婆さんなど、躍動する個性的人物像を造型しえた作者の手腕を思えば、実におどろくべきことと言わねばなりません。これは能的な幽玄を作者が意識してめざしたことの結果ではありますまいか。

しかし『おえん遊行』は能よりももっと、人形浄瑠璃や説経節に似ております。おえんが懐のにゃあまと会話するところなど、またもの狂いに憑かれて所作事をしたり、舞ったりするところなど、なにか人形の動作を思わせるところがあります。この物語自体がひょっとすれば、燃えさかるアコウの巨木の火に照らし出された傀儡芝居なのではないでしょうか。

もっともこんな連想は、文芸批評の陥りがちなわななのかもしれません。『おえん遊行』を詩劇ないし無踊劇とみなすなら、ギリシャ悲劇に見立てることもあながち不可能ではないでしょう。浜辺やアコウの木の下でえんえんと続く爺さん婆さんたちのおしゃべりは、合唱隊《コーロス》の役割を果しておりますし、コーロスである以上彼らに個性がないのは当然です。もっともこの詩劇には運命のドラマは全くありません。

脱線気味の連想は打ち切るとして、ひとつだけ強調しておかねばならぬのは説教節との親近性です。『おえん遊行』は口説きの世界なのです。人間のかなしみの深さ、煩悩の深さ、業の深さを身悶えしながら掻きくどく語り口です。たとえばおえんの歌う唄のひとつを味わって下さい。

波の上なる　風車
からりん　からりん
ゆく先は
親をみちびく
闇　ろくどう

闇にひきこまれるような、もの哀しく暗い唄でしょう。ろくどうは六道で、『広辞苑』を引けば「衆生が善悪の業によっておもむき住む六つの迷界」とありますが、意味よりも、このひきずりこむようなリズムないしメロディの効果が強烈です。これは本質的に説教節のリズムでありメロディであります。

説教節はどろどろした土俗性や荒々しい残酷さにおいて、さらに救済を求める情念の深さにおいて、強烈なインパクトをもつ表現形式ですけれども、石牟礼さんの作品には初期の『苦海浄土』以来、説教節的な要素が見られました。『おえん遊行』でもおえんの口説《くぜつ》はまさに説教節的でありますし、乙松という男が主人の弟を殺して礫になる挿話は、描写の残酷さといい、マゾヒスティクな話の仕組みといい、あまりよい意味でなく説教節的です。

悶えながらの口説というのは、うつつと幻しが交錯し移行しあう手法とともに、作者のいわば身についたスタイルでありましょうが、『おえん遊行』の場合、かなり意識して能ないし説教節的手法が使われているのだと思います。というのは、あくまで個の意識や情念に即した近代文学の手法では、自分のうちにある存在のかなしみの正体を追いきれないという自覚が作者にあることを意味します。個的なかなしみの根には、幾代にもわたって降り積って来た前近代の民のかなしみがあって、その根を掘ることなしには、真の救済の文学は生れないと作者は考えているのではないでしょうか。私は以前から、石牟礼文学の本質は救済を求める現代の悲歌であると考えているのですが、個の意識に閉された近代文学の方法では、現代人の救済の方向は見えないと彼女は言いたいのだと思います。

あるいはそんな大それたことは抜きにしても、ひとりの意欲的な現代作家として、彼女は古代から中世に及ぶ声音《こわね》の文学をとり戻したいと考えているのかも知れない。古代歌謡や中世の物語・詩劇に、前衛的な文学の可能性を見出しているのかも知れません。今日はとてもそこまで話を拡げられませんが、私はつねづね石牟礼文学に、現代ラテン・アメリカ作家たとえばマルケスやドノソに通底するものを感じとって来ました。『おえん遊行』は能や説教節を現代によみがえらせようとしている点で、非常に実験的な作品でありますし、そういう意味で評価・検討に値する作品です。

ただし、この実験が成功しているか否かという点になりますと、私の考えはいささか懐疑的です。能の手法や説教節的語り口が、全体の物語の構造や文体から浮き上り気味であるように思えます。現実と幻しの二重映し構造のうち、現実の方が手薄でかなり陳腐でさえある。夢幻的な情景がこれでもかこれでもかと重ねられる一方、物語のしっかりした構造がない。だから単調な印象を受ける。さらに言ったら悪いが、何か思わせぶりのようなところが多く、しかも聞かせどころのアリアばかり絶唱しつづける歌手みたいな感じがする。どうも失礼なことを申してあげてしまいましたが、もちろん、目をみはるような美しい夢幻的情景が造型されており、他の作家からは聞けないような奥深く戦慄的な音色が響いてくることを認めた上での妄評でありますから、当らぬところはお許しを願います。つまり、前近代的な文学伝統を現代文学に生かすというのは、それほどむずかしい課題だということです。

『あやとりの記』と『おえん遊行』はモチーフという点で親縁関係にありますが、さらには、ものの気配・兆候というものが非常に重要な意味を担っているという点と、社会の周縁に位置する異人的存在が主要な登場人物になっているという点において、共通するものがあります。この気配ということと周縁ということは石牟礼文学の本質だと思いますので、最後に中井久夫さんの『分裂病と人類』という著書を手がかりに、少しばかり再考しておきます。

中井さんというお方は精神病理学者なのですが、この『分裂病と人類』というのはすごい本です。どうすごいかということを本当に説明しようとすると、また時間を喰ってしまいますので、詳しくは申しあげませんが、分裂病と鬱病という精神病の二大類型の根拠を、採集狩猟社会から農耕社会へという人類史の展開のうちに位置づけておられるのが、まずすごい着眼点です。いささか我流になって厳密さを欠くかも知れませんが、中井さんの所説を紹介しながら、それを石牟礼文学の特質と結びつけてみましょう。

中井さんは分裂病の発症の基盤にS親和気質を想定されています。Sというのは分裂病の頭文字です。S親和気質の特徴は工学的な比喩を使うと微分回路ということになる。微妙な変化・兆候に非常によく反応し、起るべきことをつねに先取りする。たとえば、「身近な人物のほとんど雑音にひとしい表現筋の動きに重大で決定的な意味をよみとり、それにしたがって思い切った行動に出る」。つまり相手の初動に振りまわされやすい。かすかな兆候から全体的な意味を読みとってしまい、まだ現前していないものを現前しているかに認知する。

卑近な例でいうと、人ごみの中を自転車で駆け抜けるとします。そうすると、人びとの会話が切れ切れに耳に入って来る。そういう断片は本来統合的な意味は何ももたないのですが、分裂気質者はそこに聞きのがせない何らかの兆候を読みとり、さらに統合的な意味を読みとってしまうのです。

ここまでお話すると、石牟礼文学において世界が気配と兆候と予感にみちみちていることの、精神病理学的な意味が何であるのか、お気づきいただけるのではないでしょうか。私は石牟礼文学が分裂病的だと申しあげているのではけっしてありません。ただまぎれもなく、S親和気質者による世界認知の性格を帯びていることを指摘したいだけです。おもかさまやぽんぽんしゃら殿やおえん御前が、石牟礼文学の重要な登場人物たらざるをえない根拠を、ひとつ（あくまでもひとつ）は精神病理学的知見によっても確めることが出来るというだけです。この精神病理学という言葉は実は非常にバイアスのある用語で、本当はもっとよい用語があるといいのですが、仕方なく使っているのです。

しかし重要なのは、微分回路を特徴とするS親和気質が採集狩猟民的な認知特性だということです。たとえばブッシュマンは三日前に通ったカモシカの足跡を乾いた石の上に認知できます。かすかな草の乱れや風が運ぶ香りからえものの存在を感知し、どの枯草を掘れば水分の多い地下茎が得られるか見分けます。つまり微妙な兆候をひろいあげる抜群の能力を持っております。ということは、採集狩猟民として生きるためには、ひとはS親和気質でなければならぬことになります。私たちはここで、石牟礼文学において岩殿、仙造、ヒロム兄やんといった山人に近い存在、農村社会からすれば周縁に位置する異人たちが、なにゆえにあれほど光彩を放っているのかという問への、ひとつ（あくまでひとつですが）の答を見出したことになるでしょう。すなわち、彼らは強迫的な農耕文化以前の心性、つまり兆候と気配に生きる心性のもち主であるゆえに、半ば山人的存在と化しているのではありますまいか。

S親和気質と全く対照的なのが強迫気質あるいは執着気質です。中井氏によると、これは農耕の出現によって人類の多数を占めるようになったもので、工学的にいうと積分回路にたとえられます。微分回路がノイズに弱く、メモリーを蓄積しないのに対して、これはノイズ吸収力抜群で、メモリーを集積します。

農耕民が強迫気質的であらざるをえないのは、農業というものの性質を考えればすぐ納得できますが、たとえば田んぼにしたって、何も方形である必要はないのに、ことごとく方形になっているのは収穫を計数化するためです。この計数化というのが分裂気質者は全く苦手なのです。

農耕社会は毎日毎日のルーティーン・ワークにおける勤勉さや持続、整理整頓というものごとの秩序化とその維持、経験の蓄積、ノイズつまり人間間の不協和の吸収といった、強迫気質的特性を社会の徳目にしたてるのですが、そういう強迫気質的な社会に対して、S親和気質者は不適合の状態、つまり倫理的少数者に転落せざるをえません。採集狩猟段階ではメリットであった特性が、農耕段階ではデメリットとされ、分裂病者として印づけられるおそれさえ出て来るのです。石牟礼文学における狂者や放浪者、あるいは山人的異人は、いずれもそうした倫理的少数者として社会の周縁に位置するのです。

しかし少数のS親和気質者は強迫気質型の文明にあっても、上方へ逃げ道を開くことがあります。つまりシャーマン、預言者、王、学者、芸術家がそうです。しかも、強迫気質者が出来上ったものの維持、修復、あるいはせいぜい改革しかできないのに対して、分裂気質者は未来を先取りすることによって、大変革期の革命的指導者となる場合があります。ふだんは人に会いたくなくて、出来れば押入れに隠れていたい人が、水俣病闘争のジャンヌ・ダルクとして、チッソ本社を占拠してしまった秘密はここにあるのではないでしょうか。

最後に、ノイズに弱くメモリーを集積しないというS親和気質者の特性について一言します。石牟礼文学における悶えとかかなしみは、このノイズに弱いという特性と関連があるようです。採集狩猟民の社会では、社会的管理や支配が存在せず、対人的不和が生じれば、人はさっさと他のバンドに移ってしまいますから、ストレスすなわちノイズに悩まされることが少なく、ノイズに弱いS親和気質者も問題なく生きることができます。農耕社会ではそうはいきません。共同体的社会というのはノイズにみちみちていて、ノイズ吸収能力抜群の強迫気質者に適合的なのです。逆にS親和気質者にとって、これはかなり生きにくい環境でしょう。メモリーを集積しないというのは失敗に学ばない、毎回おなじ手口にだまされる、毎回おなじつまずきを繰返すということです。これも環境に対する不安を生む要因になりましょう。石牟礼文学の要素たる不安は、こういう角度からの読みとりもできると思います。

橋というのは架けっ放しではいつか落ちます。道も開きっ放しではいつか崩れます。それが落ちもせず崩れもしないでいるのは、強迫気質者が日々気にかけて修復しているからであります。S親和気質者に任せておけば、この世は崩壊しかねません。なぜなら、今日の文明社会はブッシュマンの社会ではないからです。

台風が来て家が飛ばされないとすれば、それは親父なりおふくろなりが、戸板一枚一枚を打ちつけ、屋根には重しの石を置くからです。それなのに、『おえん遊行』に出てくる婆さまは、大風で家が飛ぶときには「もろともにひっ飛ぼうわなぁ」と嬉しげに言うのです。それを聞いたおえんは懐のにゃあまに、「ふふふ、ひっ飛ぼうわなぁもろともに」と繰り返します。

私は親父の立場でありますから、「ひっ飛べばよいものなら、俺はもう何もせんぞ。阿呆なことを言うひまに、ちっとは加勢したらどうだ」と言いたくなります。しかし、大風で家が飛ばされたなら、ともに風に乗って飛ぼうという声は、なにか救いのようにも響きます。これはまぎれもなくS親和気質者の声であります。中井久夫さんは言っておられます、人類が強迫的産業社会に不適合なS親和気質者を抱えこんでいるのは、災いではなく逆に希望なのだと。この言葉を承認することによって、今日の長話を終らせていただきます。

（一九八四年一二月二日、真宗寺にて講演）

石牟礼道子の自己形成

今日は、日本近代文学で特異な地位を占める石牟礼道子という作家が、どのようにして形成されたのかということをお話ししてみたいと思います。石牟礼道子といえば今日では押しも押されもせぬ存在、知名度も大変高い作家になっておられます。藤原書店から全集が出始めましたし、石牟礼道子が文学者であり作家・詩人であることを疑うものは今では居りませんけれども、やはりそこまでになるにはいろいろと経緯があったわけでございます。

といいますのは、石牟礼さんはオーソドックスな文壇修業の中から出て来た作家じゃないんですね。石牟礼さんはそもそもは歌人であったわけでして、そういう歌人の世界にあきたりないものを感じて大きく脱皮されたのですけれども、その脱皮された過程はサークル運動を通してでありました。サークル運動というのは昭和二十年代の後半から三十年代の前半にかけて盛んであった左翼系の文化活動ですが、水俣には詩人の谷川雁がいたこともあって、石牟礼さんは谷川雁の主宰する「サークル村」という雑誌を通して、もの書きとして頭角を表わされた。これは文壇の方から見ると、なんだ左翼系の記録文学じゃないかということになって、まともな文学者としてはなかなか認知されにくいということがあったのです。

出世作の『苦海浄土』にしても、高く評価なさった文学者もいることにはいましたけれど、たとえば江藤淳などは「自分は『苦海浄土』を文学とは認めない」と言っていたそうでありまして、『苦海浄土』は社会問題をとりあげたすぐれたルポルタージュではあるけれど純粋な文学作品ではないといった見方が、ひところまで文壇筋では強かったように思われます。

また石牟礼さんは、昭和四十四年、それまでもの言わずにいた患者が初めてチッソを相手どって裁判を起して以来、ずっと患者と行動をともにして来られました。いわゆる訴訟派の患者だけではなく、川本輝夫さんら新認定患者がチッソ本社を占拠したときも行動の中心におられました。いわば水俣病闘争のジャンヌ・ダルク的な存在と社会的にはみなされていて、そういうことも彼女が文学者として認知されるのが遅れた理由になっているかと思います。

そういう状態はその後大きく変りました。もう十数年前から、わが国の代表的な文芸雑誌である『群像』は石牟礼さんの短篇小説を載せるようになりましたし、文芸家協会がその年の短篇の秀作を選ぶアンソロジー『代表作選集』にも何度か彼女の作品は選ばれております。

さらに新作能『不知火』の上演、そして最初に申しあげた全集刊行によって彼女の文学者としての地位はもはや確立したといってよろしいでしょう。

しかし、それは彼女が自分の異端的な位相を修正したということでは決してありません。彼女の異端ぶりは全く変っていないので、むしろ文壇というか世間の方がそういう異端を文学として認知せざるをえない方向に変って来たのだといえます。もともと彼女の作品は日本近代文学というひとつの制度に収まらない特異な性格をもっていて、文壇になじまない、文壇からいうと扱いにくいというふうになって来たのはそれなりの理由があります。

というのは石牟礼さんの小説は近代日本文学にこれまでなかった種類の作品なのです。彼女の作品は農民文学という一面があります。たとえば『椿の海の記』という自伝的作品の舞台は水俣市郊外のかなり農村的な環境で、農村的日常が描かれています。また『アニマの鳥』という最近の長篇がありますけれど、主題は天草・島原の乱ですから農民の世界が描かれております。堀田善衛の『海鳴りの底から』はおなじく天草・島原の乱を扱いながら、農民の生活はほとんど出て来ません。これは堀田さん、知らないから描きようがないわけです。農民蜂起した二万の農民の生活がどのようなものであったか、全然描けていないのです。ところが『アニマの鳥』はそれをみごとに描いているのですね。

石牟礼道子の文学はいわゆる農民文学の範疇に収まるものではありませんけれども、農民の生活を内部から描けるという点では農民文学という一面も持っているといってよろしいと思います。そのように考えてみましたとき、石牟礼さんの作品は農村生活を描きながら、従来の農民文学とは全く違うことに気づきます。日本近代文学の農民の描き方には三つあると思うのです。

まず第一に農村生活を暗い惨めなつらいものとして描くいわば人道主義的リアリズム。その代表作は長塚節の『土』です。これは名作でありますけれど、農民の生活をやはり外から見ている。長塚節は地主で、地主なりに農民の生活を知っている人だけれど、自分は東京の学校に行って病気か何かで帰って来て、いわば知識人として外から百姓の生活を見ているのですね。その態度は農民のつらくてむくわれない労働生活に対して同情的でありますけれども、農民の独自な精神宇宙には全くはいりこめていない。もうひとつは昭和十年代から二十年代にかけて存在した農民文学、伊藤永之介とか和田傳とかが代表する傾向です。これは農民をただ悲惨な存在として描くのではなく、彼らのしたたかさやずるさを含んだヴァイタリティを強調する。しかしこの場合も、視線は全く都会知識人的です。東京で知識人的な視座を身につけて、故郷に帰ってまわりの百姓の生態を外から観察しているのです。もうひとつはおなじ昭和十年代の島木健作の場合で、これは農民自体が農村改革にとりくむべきだという社会的問題意識で書かれておりますけれど、作者自身はコミュニズムからの転向者ということもあって、農民はあくまで工作の対象とみなされています。

ところが石牟礼さんの場合、視線が全く逆転しております。彼女の視座は農民世界自体のうちにある。農民の生活世界は彼女にとって外部ではなく内部である。つまり彼女の表現は従来学者や文学者によって観察や批判の対象とされてきたものの自己表現であるのです。近代知識人によって調査の対象とされて来たものが、その調査や観察がいかに偏った浅薄なものであるか、骨身に徹して経験した末に、それ自身の世界について初めて声を挙げるというのが、彼女の表現の第一の特色です。その場合、農民に話を限ると語弊があるかもしれません。彼女が表現する世界は農民、漁民、山民など、自然との直接交渉のうちに生活する民の世界です。無文字世界の住民といってもいい。むろん彼らは小学校は出ているわけで文字を全く知らぬというのではありません。しかし彼らの世界体験は文字以前、文字を介さない直接的な体験であって、石牟礼さんの文学はこのような体験の世界に深く根をおろしております。文字以前ということは知識が形成する権力的管理以前ということです。そういう文字以前の世界がいかにゆたかで深い経験にみちみちているかということを初めて描き出したのが石牟礼道子であって、彼女の作品が日本近代文学という制度に適合しない根本の理由はそこにあったのです。

自分たちの世界に向けられた近代知識人のまなざしを否定して、逆に自分たちの生活世界から近代の正体を明らかにしてゆくところに石牟礼文学の本質があると申しましたが、その際彼女は決して被抑圧者としての民の利害や言い分を代表するという方向をとっておりません。時にはそのようなポーズをとることがあって、それが彼女の人気の源となっているということはあるかもしれませんが、彼女の作品の本質はそこにはない。彼女の文学は庶民文学ではないのです。彼女は野や山や海に生きる人びとに世界はどのような形と手ざわりで現われるかということを語っているので、文字＝知識が構築する近代的な世界像が決してとらえることのできぬ生活世界における生命の充溢・変幻こそ彼女の文学の主題であるのです。

たとえば農業ひとつとっても、たしかにそれはつらい労働には違いありませんが、そんなにつらいばかりのものなら、人間が何千年という長い間それにたずさわって来たはずがない。つらい苦しい百姓仕事というのは私のような都会人が作り出して来たイメージといってよろしいかと思います。私は戦時中は旧制中学生でして、勤労奉仕というので農作業もだいぶやらされました。私がおりました大連という街の郊外には満鉄が開発した広大なゴルフ場がありまして、私たちはそこを耕してピーナッツを植えました。そういう時、五十メートルくらいの長さの一筋が自分が耕すノルマだとしますと、早く作業を終って休みたい一心で息せきって鍬を振り上げるのです。作業ですからただしんどいだけです。百姓にとっての畑仕事田んぼ仕事というのは決してそんなものじゃないはずです。生命を育てる仕事ですからね。周りに自然があり、体内には舞踊にひとしいリズムがありますからね。石牟礼さんはそういう土とかかわり作物とかかわる農作業のゆたかさと神秘を描くのです。そんなものを描いた文学はこれまで日本文学にはなかったのです。

日本近代文学はひとつの制度だと申しあげましたが、それは平たくいってひとつの文法・約束事の上に成り立っているということです。具体的にいうとそれは近代的自我の文学であります。この点ひとつとっても石牟礼さんの作品は異質です。彼女の作品に登場する人物はなにか人の世から離れた孤独性をもっていますが、それは近代知識人のエゴのドラマとは全く縁がありません。なぜならそのような孤独を意識している人物は、知識人からすれば共同体的大衆に埋没している無知な庶民にすぎないからです。つまり石牟礼さんは孤独は近代的自我の特性だなどという文壇神話を全く信じていないのです。共同体の中に生きている知識以前の庶民の中に、人間存在の本質にかかわる深い孤独、世界との乖離感があると彼女は表現しているのです。

　日本近代文学は知識人文学であると同時に遊冶郎文学であって、この点では江戸戯作の伝統を継いでおります。つまり遊んだ果てに世間と人間に対して冷徹な目を獲得するにいたった通人の文学です。むかしの文学同人誌の世界では、女が描けていないという評言がひとつのパターンとしてあって、そういわれると作者は青臭いといわれたのとおなじでペシャンコになるということがありました。石牟礼さんはそういう文学修業と全く縁がありません。彼女にとって世界は世間ではなくファンタジーなのです。この点で彼女は宮沢賢治に非常に近い。彼女の作中人物は世間を超えたところ、あるいはそれからはずれた場所に生きていて、現実という膜を通してもっと永遠なものの相にふれたところがあります。彼女が狐や狸、山や海辺に棲むもろもろのあやかしどもを好んで登場させるのも、この世だけが世界だとは思っていないからです。この世はいつでもあの世に変換されうるので、そういう彼女の世界の多重性・多次元性はむしろ中世文学に近いのかもしれません。

　しかし彼女の文学の特異さが最もよく表われているのは作品における時間の構造です。彼女の作品中に流れる時間は時計的物理的な直線の構造をしていません。私は長年彼女の原稿を清書して来ましたが、清書しながら待てよ、これは何だといいたくなることが度々あるのです。ここは物語の中で現在進行中の時間なのか、それとも回想シーンなのか。特定の時間を超えたある持続的な期間における一般的傾向を述べているのか、それとも特定の時間の出来ごとを述べているのか。彼女の物語は入れ子構造というか、箱の中にまた箱が入っているような作りになっているのですが、回想シーンでまた回想が始まるというように、基準の刻が往々にしてわからなくなります。これはひょっとすれば、小説の技法に未熟なための混乱・未整理じゃないか、などと思いたくなったりしますけれど、そうじゃなくて、どうも彼女の世界では時間は過去・現在・未来と順を追って流れているのではなくて、すべての時間が現在なのではないかと思われて来るのです。しかもその現在は過去も未来も包含しているわけで、いってみれば時の原形のような渦巻きがそこに現われて来る。時間も同時的な多次元なのです。

『十六夜橋』という長篇がありまして、雑誌連載時にはむろん私が清書したのでありますが、かなり長年にわたる物語でありますのに人物の歳のとりかたがどうもおかしい。そこで私は各人物ごとに年表を作りました。そこでいろんな矛盾が出て来たのですが、一番あきれたのは他の人物は不揃いながら歳をとってゆくのに、主人公の少女はほとんど歳をとっていないのです。もちろん、作品として完成するときは修正してもらいましたけれど、現実の刻とあやかしの刻が共存しているとしかいいようがないわけで、そのとき私は石牟礼文学の秘密をほとんど目のあたりにした気がしました。

登場人物をとっても、彼女の作品にはずっこけたような現代ばなれのした人物が非常に多い。産業と知識を中心に組みあげられ組織化された社会の周辺部の住民が、基本的には石牟礼さんの小説の人物たちです。つまりどこをとっても石牟礼文学は明治以降の日本近代文学の定型からはみ出しております。順天堂大学にブルース・アレンという先生がおられて、石牟礼さんの『天湖』を英訳されていますが、その方は『天湖』をネイティヴズが書いた小説みたいだと言われたそうです。つまり世界が欧米近代文明によって均質化され合理化される以前、各地に古代以来の感性を保存する原住民が暮していたわけですが、彼らの空間や時間に対する近代人と異なる感覚に似たものが石牟礼さんの作品に感じられるということでしょう。

しかし、石牟礼さんの作品は近代日本文学の中に置くと異端性が目立ちますけれど、世界文学の中に置くとその異端性が消えてしまいます。ご承知のように二十世紀初頭以来、アヴァンギャルドの名のもとに様ざまな文学的革新と実験が試みられて来たわけですが、時間という点をとっても、過去と現在が同時多発的に交錯するありかたはフォークナーにかなり似ています。ある種の土俗性・神話性という点ではガルシア・マルケスにも似ている。石牟礼さんはあとで申しますように文学的教養の中から出て来た作家ではありません。失礼ながらジョイスもプルーストもカフカも読んではおられないと思う。それなのに世界文学の前衛的な尖端と一致する面をもっておられるのは大変興味深い事実であります。

石牟礼さんは現代の屈指の名文家としてつとに認められておられますし、彼女の文体のしなやかさ、鋭敏さ、さらには華やかさについてはいうまでもないことでありますが、私にいわせれば彼女の文章は形容過多なのです。ご承知のようにフロベールというフランスの作家はひとつの事象、たとえば小石なら小石ひとつについても最も適切な、これでなければならぬという修飾句があるはずだというので、そのひとつの言葉を思いつくのに身を削ったといわれます。これは近代文学の神話のひとつですけれど、石牟礼さんは逆なのですね。どんどん修飾語を積み重ねてゆく。ひとつの小石についても円いだけではいけないので、小石ひとつにも実に複雑豊富な内実があるわけですから、それを全部書き連ねようとする。上野英信という「サークル村」以来の彼女の友人がおられましたが、その方は石牟礼さんの文体を評して灰神楽が舞うようなといわれたことがあるそうです。ここにおられる皆さんは年輩の方が多いので、灰神楽というのはご存知でしょうが、昔は火鉢があって薬罐が乗っておりましたね。それが何かの拍子に傾いたりして湯が灰にこぼれると、灰が一面に舞い上る。それを灰神楽というのですが、私は上野さんのこの評言は実に名言だと思うのです。

ふつう作家が世界のなかの一事象を見る場合、むろんそこには一種の混沌が表われるのですが、彼はそれをコントロールして、ひとつの明確な図象にまとめあげるのですね。つまり文学的なことばの連なりになるように、複雑な要素は切って捨てるのです。わっと一斉に立ち上ってくるイメージを抑制して、文学的あるいは美的な表現に固定するのです。作家によってはそもそも、一斉に立ち上ってくるイメージをある事象から受けとるということがない、あるいはそれが弱いという人もいるかと思います。石牟礼さんは万象から一斉に混沌としたイメージが大量に湧き上ってくるタイプの作家なのですね。そしてそれを出来ることなら全部いっぺんに書こうとする。だから灰神楽になる。非常に特異な書きかたといってよいと思います。似たような書きかたは容易に思いつかないのですが、しいていうとトマス・ウルフでしょうか。そういう書き方をするとわかりにくくなりかねないし、また混乱しているような印象を与えかねません。しかし、それがうまく行ったときは、複雑多様なものをみごとにおさえこんでゆくすごさが現われてくるわけです。

このように文体の点をとっても、石牟礼さんの作品は近代日本文学の中では異端ということになると思いますけれど、射程をもっと長くとって古代・中世の古典日本文学を視野に入れますと、彼女は意外にその伝統の中にぴたりと収まるのです。彼女の新作能『不知火』は方々で公演されて大成功を収めましたが、ある能の専門家によりますと、こんなに言葉に力のある新作能は稀だというのですね。ちなみに、明治以降に書かれた能は新作能と呼ぶことになっているのだそうです。新作能は今でもいろんな方によって書かれていますけれど、その方によりますと古典能に太刀打ちできるような言葉の力をもたない。ところが『不知火』にはそれがあるというのです。能の詞章というのは古典の引用がちりばめられたつづれ織りのような文章で、なかなか独特のうねるようなリズムを持っていて、それが一種の呪術性につながってくるのですが、『不知火』の詞章にはそういう古典能の呪術的リズムが感じられます。それはつまり作者に、あの世とこの世のあわいに棲むような古典能の言葉の感覚が備わっているということだと思います。

また石牟礼さんの作品には受苦に対するマゾヒスティックな感覚があります。たとえば『あやとりの記』には犬の仔せっちゃんという女乞食が出て来て、村の悪童どもからいじめられるシーンがありますけれど、私は元来こういうのは苦手なんです。というのは近代文学は読者を泣かせるようなたぐいの煽情をきらいます。私はもともと近代文学で育った優等生でありますから、歌舞伎によくあるような残酷・不自然なお涙頂戴は低級だという思いこみがある。ですから、ずっとあのシーンはいやだなと思って来たのですが、先頃読み返してみるとそれほど違和感はありませんでした。考えてみれば石牟礼さんの作品はある面では説教節の世界なんですね。説教節というのは室町時代の語りもので大道芸なのですけれど、仏教的な因果の説教でありますから非常に残酷な話が多い。みなさんご存知の『山椒太夫』でも鷗外さんの再話では上品に仕上げられていますけれど、原話では山椒太夫は最後に竹ののこぎりで首を切られるんですね。主人公が継母から迫害される話が多いけれども、その迫害ぶりがすさまじい。主人公の哀れさがこれでもかこれでもかと強調されるんです。つまり人間の棲む世はかくも残酷なのだといっているわけで、その味わいは強烈です。迫害する方の継母にしても単純な悪人というのではなく、人間の業を表わしているという意味で強烈な印象を与えます。しかも残酷な受苦が結局は救済・再生に転じるのです。どうです、これは『苦海浄土』の世界ではありませんか。

室町時代の絵を見ますと説教節を聴きながら、鬚もじゃの武士がおいおい号泣しています。それぐらい聴くものに強烈なインパクトを与えたのですね。ついでながらいうと、この時代には大の男が感動して泣くのはひとつも恥しいことではありませんでした。この時代の人びとの心は一方では男が涙を恥じぬようなやさしさ、慈悲の心から、一方では激しい怒りや恨みまで、振幅が非常に大きかったのです。地獄も極楽も観念ではなく、まざまざと目に見えていたのです。このことは日本だけでなくヨーロッパでもそうであって、それはホイジンガの『中世の秋』を読めばわかります。そういう人の世の光と影のコントラストの強烈さ、人間の情念の振幅の大きさ、受苦と再生のドラマトゥルギーといった点で、説教節ひいては人形浄瑠璃の世界が現代の石牟礼文学によみがえっているのを見るのはまさに奇跡的です。

さて、そういう特異な作家石牟礼道子がどのようにして誕生したかというのが私の後半の話になります。ふつう作家は先行する文学者の作品を読んで作家になるのです。ああ、自分もこんな作品が書きたいとか、ふむふむ、こういうふうに書くのだなといった具合です。ところが石牟礼さんは違うのです。あの人は文学書はほとんど読まずに文学者になってしまった人で、こんな人は日本近代文学史上彼女ひとりしかいません。だいたいこの人の本の読み方は、日本近代知識人の優等生たる私からすると仰天以外の何ものでもない。

この人は最初から最後まで順を追って読むことをしません。パラパラとめくって気をひかれたところから読み始めるのです。しかも全部通して読むのではなく、自分の興味をかきたてるところを拾い読みするのです。失礼ながら一冊の本を最初から終わりまでちゃんと通読したのは、彼女の尊敬する高群逸枝さんと白川静さんの本くらいじゃないでしょうか。もちろんこれは誇張した言い方ですけれど。私などからすると許されぬ読み方のような気もしますが、しかし考え直せばこれも天才の証拠かもしれない。人が何言ってるかは大したことじゃなくて、自分の栄養になるところだけ読むのですからね。

この人が教養によって作られた作家ではないということは重要です。そんな作家は沢山いる、というよりほとんどの文学者が教養を積みあげることで文学者になったのに、彼女はそうじゃない。自分の天分によってのみ作家になったのです。瀬戸内寂聴さんが以前彼女に「あなたは大学へ行っていないのにどこで勉強したの。独学？」とたずねられたことがあるそうです。それは彼女の書くものには古代ギリシャ悲劇、記紀万葉から生物学・宇宙論にいたるまで広汎な知識がちりばめられているからで、独学というのも変な話ですが（学問はみんな独学でありますから）、彼女一流の本の読み方を通して、様々な勉強をなさって来たことはまちがいありません。私の知る範囲でも、この方は知的好奇心が非常に旺盛で広い人です。しかしにもかかわらず、彼女がソフォクレスもエウリピデスもシェークスピアもラシーヌも読んでいないことは私が保証いたします。

ふつう詩人や小説家になる人間は、早ければ十代遅くても二十代で、西洋や日本の名作をかなり読んでいるものです。ところが彼女にはそういう過程がなかったようで、明治以降の日本文学をとってもほとんど読んでおられません。二十年ほど前のことになります。私はこれくらいは読まれた方がいいのじゃないかと思って鷗外の選集を差上げましたが、とうとう読んでもらえませんでした。藤村だって漱石だってほとんど読んでおられないでしょう。こんな文学者が彼女のほかにいるでしょうか。すごいことだと思います。

しかし、いくらなんでも少女時代に文学的影響を受けるということはあったのではないかと思うのですが、いろいろたずねてみましても、大した事実は出て来ません。私は早い時期からこの方の文章のリズムが宮沢賢治に似ていると思っていて、あるときたずねてみましたが、少女の頃読んだ賢治は『オッペルと象』と例の雨ニモマケズくらいだというのです。雨ニモマケズを教えてくれたのは代用教員養成所での先生だとのことです。教員になっておなじ下宿にいた同僚が文学少女で、「山のあなたの空遠く」とか「流れの岸のひともとは」とか、詩を暗唱して聞かせたというのですが、石牟礼さん自身は全く文学少女じゃなかったのです。これが上田敏の訳詩集『海潮音』中の最も人口に膾炙した詩だということもご存知なかったでしょう。

そもそも彼女の家には本らしい本はなかったそうです。若くして亡くなった叔父さんが読書家で、残された蔵書も相当あったとのことですが、彼女の家が破産したときに全部差押えられてしまった。彼女の家は石屋さんでありますので、若い衆が沢山出入りしていたので、目にする雑誌は『キング』とか『新青年』だったといいます。幼いときその『キング』か何かで『大菩薩峠』の机龍之介が巡礼親子を斬殺するシーンを読んで忘れられぬ印象を受けたというのは、彼女の作家的本質を予兆するエピソードでしょう。いわれなき受苦への感受性と虚無にひかれる心性が、幼いときに露頭した例だと思います。『大菩薩峠』の冒頭シーンは新聞に載ったもので雑誌で読んだというのははてなという気がしないでもありませんが、あれだけの評判作ですから雑誌に再掲されたこともあったのかもしれません。しかし一方、彼女はかなり早い時期から詩や短歌、それに文章を書き始めておられます。そしてそれはいずれも完成度のかなり高いもので、言葉を操る才能がはっきり表われております。そういう表現能力を獲得するにはやはり何かお手本がなければならないと思うのですが、さきほどから言いますようにこれといったものがない。これは想像ですが彼女の文章能力をみがいたのは国語教科書じゃないかと思うのです。戦前の小学校あるいは中学校の国語教科書は、言葉の基本的な感覚を養う点ではかなりすぐれたものでありました。彼女は綴り方、今でいうなら作文は大の得意だったそうですから、彼女の基本的教養は国語教科書で出会った文章ということになるかと思います。彼女が少女時代文学少女ではなかった、西洋や日本の近代文学もほとんど読まなかったというのは実は大変よかったのかもしれません。いや、よかったに違いないのです。東西の近代文学の名作を読みあさるというのは、近代文学という既成の制度に強く束縛されるということです。彼女はそういうものに縛られることが全くなかったわけで、だからこそほかに類例のない独特な文学を創り上げられたのでありましょう。

彼女の育った家は石屋さんであります。石屋さんといっても道路工事や港湾工事まで手がける石工棟梁でありました。祖父の吉田松太郎さんがその棟梁で、水俣には今でもこの人が建立した鳥居が残っております。お母さんのハルノさんは松太郎の長女で、松太郎のもとで帳づけをやっていた白石亀太郎と結婚なさいました。この人は天草下島の下津深江の出身です。吉田家ももともと天草上島の下浦の出身で、ハルノさんはそこで育ったのです。しかも石牟礼さんは仕事上の出張先である天草の宮野川内で生れたのですから、彼女自身は天草出身という意識が非常に強いのです。

しかし彼女が育ったのは水俣でありまして、物心ついたときは栄町に家がありました。家業は石屋でありますから、若い石工が住みこんでおりますし、手伝いのおばさん達も多勢通って来ます。いわばわいわいした雰囲気の中心で育ったわけで、さきほどは国語教科書と申しましたけれど、彼女の言語能力の基本は職人や庶民の生き生きとした方言のなかで培われたものと思われます。さらにこの栄町はチッソが水俣にやって来て、それまでの村落が俄かに町へ変貌してゆく過程をまざまざと表わしているような通りでした。このことも彼女の自己形成上大切なことだと思います。この通りには髪結いさんの店もあれば女郎屋もありました。日本資本主義が地方に根をおろしてゆくムンムンした熱気があふれていたわけです。彼女は幼いときから髪結いさんの店や女郎屋にあがりこんでかわいがられていたといいます。この女郎屋ではポン太という十七歳くらいの遊女が中学生から刺殺されるという事件がありました。この血の色は彼女の心の奥底に鮮やかに刻印されたのです。

先ほどちょっと申しあげましたが、松太郎氏がそのうち破産するのですね。この人は芸術家肌のところもあり太っ腹でもあったようですが、今でいえば放漫経営のつけが廻ってきたのでしょう。利益よりも末代まで残る仕事をしたいという人でしたから。そこで栄町の家をたたんで、彼女と両親は水俣川の川向うのとんとん村と呼ばれていた場末に転居します。それまで彼女の家はかなり裕福だったのですから、これは環境の激変です。いきなり貧乏の中に投げこまれたのです。彼女の原体験にはこういうどん底に落ちたということがあるのを忘れてはなりますまい。しかし一方では環境が変ったことで、大いに得るものがあったのです。

ここは水俣川の河口近くですから、彼女は一日中川と海の境い目で遊び暮すことになります。つまり不知火海が彼女の感覚と記憶の深いところに刻みこまれました。

彼女の幼女時代、もうひとつ大事なのはおもか様というおばあさんの存在です。この人は松太郎氏の妻でありますが、かなり早い時期に精神に異状をきたしていたのです。松太郎氏は権妻さんつまりお妾さんと暮していて、おもか様は亀太郎家にひきとられました。この人は徘徊癖があって、他人の家の前に行ってなにか訳のわからぬのろい言みたいなのをしゃべるものですから、知らせを受けて引きとりにゆく。それがやがて彼女の仕事になりました。つまり彼女は狂える祖母のおもりをしていたのです。これは相当つらいことだったろうと思うのですが、おばあさんとずっと一緒にいるというのは彼女にとって悪いことばかりじゃなかった。このおばあさんは人の世を離れてあらぬところにはいりこんでいるわけですから、石牟礼さんは彼女とともに人外境を幼いときから経験していたことになります。これも彼女の文学にとって大切なことだろうと思います。

彼女は勉強は非常にできていたのですけれども、家がそういうふうに貧しかったので、小学校を出たら紡績女工になろうと思っていたのですね。石牟礼さんのお母さん自身が娘の頃、静岡の御殿場の紡績工場で働かれたことがあります。お母さんの回想ではこの女工生活はとても楽しかったそうで、一種の花嫁修業みたいなものだったらしいですね。細井和喜蔵の『女工哀史』という有名な本がありますが、ああいう本を一面的に信じこんではならぬのです。そういうお母さんの経験があるから石牟礼さんの場合もいそいそとして女工になるつもりだったのです。しかし学校の先生がこの子は勉強が出来るのに惜しいというわけで、当時水俣に実務学校という三年制の学校がありました。水俣高校の前身です。そこに進むようにすすめられて、結局そうなったわけです。

そこでも彼女は成績優秀だったわけですが、在学中に短歌を作り出すのです。そこを卒業する頃、日本は太平洋戦争のさなかで、学校の男子教員は召集されて教員が不足しております。そこで女学校卒業者に講習をほどこして女子教員にすることを始めました。当時の言葉で代用教員というのです。彼女はその代用教員になったのです。ちなみに私の姉は石牟礼さんとあい歳ですが、女学校を出て代用教員になっております。実務学校は女学校より課程が一年ないし二年短いのですが、女学校に準ずるとみなされたのでしょう。代用教員時代には短歌に加えて詩も書かれました。これは先ほども申しましたけれど天稟の才としかいいようのないもので、ほんものの才能はそこにちょっとしたヒントがあれば自ら輝き出さずにはいない証拠だと思うのです。

昭和二十二年に結婚されて、翌年にひとりっ子である道生君が生れました。ご本人は私は大変いい妻であったとおっしゃっています。米軍の放出物資をもとにご主人の背広を縫ったそうです。背広とはすごいですね。この人は書は篠田桃紅が感心したほどだし、絵も少女期のデッサンをみれば立派なもの、歌はオペラ歌手になればよかったと思うほどのみごとなソプラノ、朗読をさせればかの山本安英が「負けた」と洩らしたほどの名手、つまり多芸多才なんですが、裁縫・手芸それに料理も大変上手なのです。いい妻だったというご本人の言葉はまあ信じておきますけれど、しかしそのうち例の虫がうごめいてくる。例の虫とはどうしようもなく突きあげてくる表現の衝動です。家事に専念しつつ書くのだから、どうしても短い詩型、つまり短歌ということになります。新聞に短歌を投稿し始め、やがて熊本市の歌人蒲池正紀氏に見出されるのです。この新聞に投稿した歌というのはまだ発見されておりません。毎日歌壇や熊日歌壇に出されたのだと思いますので、バックナンバーを根気よく調べればよいのでしょうが、そういうことが苦手な私はまだやっておりません。

蒲池さんは昭和二十八年に『南風』という歌誌を創刊され、彼女も誘われて会員になります。この二十八年から三十三年頃までが彼女の歌人時代でありまして、中央の『短歌研究』にも作品が十首、二十首と載るようになります。ちょうど安永蕗子さんが歌人として認められてゆくのに平行して、石牟礼さんも新進歌人の地位を築きかけてゆくのです。しかし彼女は短歌の世界にとどまっておれなくなります。彼女が表現したいのは日本近代の底辺でうごめいている人びとのねがいでありドラマです。そういう人びとにとって近代とはいったい何なのだという問から彼女は逃げられないのです。短歌ではとうていそういうものは表現できません。

谷川雁との出会いがそこで意味を持ってくるわけです。雁は戦後日本が生んだ大詩人のひとりであり、天才的な思想家でもありました。肺を病んで当時水俣で静養中であったのです。彼は日本の近代の底辺にとり残されたものと革命的展望を結びつけてゆくという点で、石牟礼さんに強烈な刺激と影響を与えたはずです。雁が上野英信、森崎和江らと昭和三十三年に『サークル村』という雑誌を創刊したとき、石牟礼さんもそれに参加されました。『苦海浄土』の中の最初の一篇は『奇病』という題名で『サークル村』に発表されました。『サークル村』の中で彼女は歌人から詩人に脱皮し、さらには散文の世界へ入ってゆくのです。彼女の独特な文体と世界はすでにこの時期の作品にはっきりと表われています。『苦海浄土』の出版は昭和四十四年でありますけれど、その中のすぐれた一章は十年前に書かれていたのですね。その頃から患者の家を一軒一軒訪ねて話を聞くということを始めておられたのです。

作家石牟礼道子の自己形成という点でもう一度まとめてみますと、第一に庶民世界の中で自己形成をなさったということが大事ですね。いわゆる大学出とは全く違うのです。それから海、具体的には不知火海とのつながりが幼少時から深いものとしてあったということですね。さらに第三には気の狂ったおばあちゃんというこの世ならぬ存在が近くにあったということですね。ふつう文学者が自己を形成する知識人の世界とは全く異なる世界を経て作家になった方であり、しかも短歌や詩というまっとうな格調の高い言語表現からスタートされた方だということです。さらに谷川雁との出会いを通して、日本近代の成り立ちという大きな問題に目を開くことになられたわけです。『苦海浄土』の初稿とほぼ同時期のお仕事に『西南役伝説』という作品があります。これは明治十年戦争が庶民の記憶にどのような形で残ったかという聞き書きでありますが、むろん聞いた通りに記録したのではなく、表現としての語りになっているわけで、『苦海浄土』もそうでありますが、このみごとな語りは日本近代文学にこれまでなかった高度な達成となっております。

彼女の文学的スタートという点でもうひとり見逃せない人物は高群逸枝さんです。高群逸枝さんはご承知のように平安時代の招婿婚の研究を通して女性史という領域を開拓されたパイオニアであります。石牟礼さんにとって高群さんの著作は大発見だったのです。昭和四十一年には、彼女の研究所である通称〝森の家〟を訪ねてしばらく滞在されたほどです。逸枝さんはもう亡くなられておりましたが、橋本憲三さんにすっかり気に入られた。「あなたは逸枝の生れ変りだ」と憲三さんはおっしゃったそうです。あとで憲三さんは『高群逸枝雑誌』という研究誌を出されますが、石牟礼さんは無二の協力者でありました。

大体以上のようなところが、石牟礼さんが作家として世間に登場するまでの経歴ということになります。作家として有名になられてのちのことは、この連続講座の他の先生方がとりあげられるでしょうし、今日の話の範囲にははいりません。石牟礼道子というユーニークな作家がいかにして誕生したかということを申しあげたつもりですが、実をいうと作家の誕生の秘密というのはわからないのです。彼女はご自分で私の描く世界は非常にせまい、しかもそれは詩の世界なのだということをおっしゃいます。しかし一方では強烈な社会的関心がある。彼女はけっして社会派の作家ではないし、国際情勢とか国際経済の話になると理解は小学生並みである。大体彼女は五十代の半ばになるまで、イギリスが島国であることすら知らなかったのです。政治とか経済の話は耳にはいらない全くの詩人気質であるくせに、水俣病闘争のジャンヌ・ダルクにいつのまにかなってしまうような強烈な社会的現実への関心がありります。こういう矛盾した志向がどこでどのように形成されたかとなると、それは謎としかいいようがないのです。

その謎をちょっと解いてみますと、彼女はナイティンゲールなんです。彼女は代用教員になって田浦小学校に勤めたのですけれど、敗戦後通勤の汽車の中で戦災孤児を拾われたのですよ。頭が弱い女の子です。そして家へ連れて帰って何か月か養われた。この一件は『タデ子の記』という文章に書かれていて、十八歳の頃の作だと思うけれどとてもいい作品です。つまりこの人は、よるべなく苦しんでいる者を見すごせないんですね。これは異常な共感能力といえると思います。水俣病の場合も、患者に会うと患者にのり移ってしまいます、あるいは患者からのり移られてしまうのです。この共感能力は人間に対してだけではなくもろもろの生類、さらには自然現象に対しても発揮されます。これは古代人的な能力だと思いますけれど、これが彼女の中に生き残っているのです。ですからよる辺ない無力な者を見ると自分で悶えてしまうということになりますけれど、それは一歩進めると、この世では心美しいものは必ず迫害されるのだという強迫観念になりかねない。彼女自身にこの世でどうもうまくやってゆけない、自分だけでなく人間というのはそもそもこの世とうまく合わないのじゃないかという感覚があって、それが作品創造の原動力になっているのではないでしょうか。

しかし、石牟礼さんの資質や育ち方をいろいろと考え合せ、それを全部集計したからといって、作家石牟礼道子の誕生の秘密はわからないのですね。こういう育ち方をして、それが作品に反映しているということはいえても、作家の本質はあくまで作品の中に探るしかないのです。作品の背後に作者の私生活を見ることはできても、それが作品の本質を明らかにすることにはなりません。作品というのはどういう訳だか知らぬが出来ちゃうもの、つまり作者を超えたものであるからです。ですから今日の私の話は石牟礼さんの幼い頃、若い頃、名を成される以前の頃の様ざまなエピソードをご披露しただけのことでございます。どうかみなさんには石牟礼道子の作品をご自分でじかに読んでいただきたいと思います。

（「くまもと県民カレッジ」での講演。二〇〇五年五月）

石牟礼道子小伝

石牟礼道子といえば、まず念頭に浮かぶのは『苦海浄土』であろう。これは、彼女が最初に出した本であるが、折柄社会問題となった水俣病の実相を描破した作品として世評を呼んだだけでなく、今でも毎年版を重ねる現代の古典となっている。『中央公論』や『文藝春秋』のような大雑誌で、近代日本の名著××点とか、戦後最も影響を与えた書物十冊といった企画が試みられると、必ずといってよいほど『苦海浄土』の名があげられる。それだけこの本のインパクトが強烈で持続的であるわけだ。

むろん石牟礼は『苦海浄土』だけの作家ではない。当初は社会派、記録文学作家といったふうに見られていたが、その後続々と発表された作品によって、彼女が日本古典文学の伝統に立ちながら近代文学の世界を拡張し、世界的レベルで文学の新たな可能性を示す醇乎たる文学者であることが、次第に認められるようになった。

彼女の作品に説教節や能に通じる古典的夢幻性が濃厚なのは誰しも認める事実だけれども、一方、現代ラテンアメリカ文学、たとえばガルシア・マルケスのような土俗性を帯びた前衛文学との相似を指摘する声もある。ソローを原点とする環境文学、ネイチャー・ライティングの現代的事例として評価する見方もあって、いずれも彼女の創造の含蓄のゆたかさを示すものだろう。

筆者に言わせれば、石牟礼の作品は万葉以来のこの国の文学の感性を純粋にひき継いでいて、その意味では伝統的であると同時に、一方ではこれまで日本の近代文学に出現したことのない、あえていえば不思議な文学なのである。

そのことは近作の新作能『不知火』によく現れている。詞章を読めばわかるように、この作品は世阿弥、あるいは新古今以来の幽婉なシンボリズムで書かれている。しかし、主題は不知火、常若の姉弟がこの世に充満した毒をさらえて死ぬという、途方もないアクチュアリティを備えていて、こういう現代の現実的課題が幽幻な能の詞章のうちに消化されるとは、まさにやってみなければわからぬ奇蹟だったのである。

『不知火』は二〇〇二年七月、宝生能楽堂と国立能楽堂で上演され、〇三年八月には熊本県立劇場で第三回公演、今年（〇四年）八月には水俣で奉納公演、さらに十月には東京で第五回公演が行われた。水俣病の爆心地といわれる水俣湾埋立地での公演は、水俣病で倒れたもろもろの霊を招いて、さながらワーグナーの舞台を思わせ、石牟礼文学の本質、すなわち鎮魂と祝祭をまざまざと形象化するものとなり、新聞・テレビによってひろく全国に報道された。

水俣奉納公演は折しも、藤原書店による『石牟礼道子全集』刊行と重なった。全十七巻、別巻一の堂々たる構成である。生前における全集刊行は、作家の地位確立の証しである。これを機に石牟礼文学はいっそうひろく世に知られるであろうし、またさらに、衰えを知らぬ創造力を示しつつある彼女の新たな展開が期待される。

石牟礼道子は一九二七年三月一一日、天草の宮野河内（現河浦町）で生まれた。白石亀太郎と吉田ハルノの長女である。ハルノの父吉田松太郎は当時石工の棟梁として、道路工事、港湾建設を請け負う一方、回船業も営むなど手広く事業を展開しており、白石亀太郎は松太郎のもとで帳付けを勤めるうちにハルノと結ばれた。宮野河内は松太郎が請け負った仕事先で、そこに両親が滞在中に道子が生まれた。吉田家は水俣町浜に住居を構えていて、道子は出生後三ヶ月でその家へ戻った。

天草は両親が仕事で滞在中に生まれたというだけの仮そめの地であるのに、彼女は成人後ずっと天草生まれと自覚し、人にもそう語った。というのは祖父松太郎と母ハルノは天草上島の下浦、父亀太郎は同下島の下津深江の出身で、彼女の家には天草の親族がしばしば出入りし、彼女自身天草に深いえにしを覚えていたのである。柔らかでみやびやかな天草弁は彼女のからだ奥深く染みこみ、後年の創作の中に生かされることになる。

彼女の家は三歳のとき栄町へ移った。栄町の家は松太郎の事業の本拠地であり、住みこみの石工の徒弟やら、通いの手伝いのおばさんたちでいつも賑わっていた。通りには女郎屋や髪結い店があって、幼い道子は女郎屋に上がりこんで女郎さんたちに可愛いがられたり、髪結いさんの家で髪結うさまを飽きもせずに眺めこんだりした。

栄町は新興の活気溢れる通りだった。水俣は化学工業のさきがけ日窒（現チッソ）の城下町として発展の途上にあり、日本資本制がそれまで狐や狸と共棲して来た民話的な農村を浸蝕して、近代の狂想曲を奏で出す過程のさなかにあった。村が町になるとはどういうことか、道子は幼い感覚でたしかに嗅ぎとった。彼女を可愛がってくれた若い女郎が中学生に刺殺されるという事件もあった。この事件は幼な心に深い傷あとを残し、彼女は後年になって度々この思い出を文章化することになる。

栄町時代は家がゆたかなこともあって、おおむね幸せな記憶にみちていたが、ただひとつ幼な心を翳らせる存在があった。祖母モカである。彼女は早くから精神を病んでいた。

松太郎は事業の才があるとともに、石工として芸術的才能もあった。仕事柄図面を引かねばならぬが、その傍ら筆ですらすら描く仏像に道子は魅かれた。「上品好き」で常に白足袋を履き、道子の誕生祝いにはわざわざ長崎からとり寄せた。「人は一代、名は末代」が口癖で損得を度外視する。娘婿の亀太郎の目にはそれが放漫に見えた。

亀太郎が妻ハルノを長い間入籍しなかったのは、そんなことにこだわらぬ当時の習慣もあったろうが、ひとつには吉田家の入り婿のようになるのを嫌ったようだ。道子が学校卒業まで吉田姓を名のったのはそういう事情による。亀太郎は謹直であるとともに、激しい気性と独立心の持ち主で、道子は反発することもあったが、根本的な倫理感覚の点で父から多くのものを受け継いでいる。母ハルノは対照的に人の悪口は一切言わぬ春風のような人柄で、何も知らぬふりをしながら見るところはちゃんと見ている人だった。

祖父の事業は彼女が小学二年の時に破産する。道子一家は祖父と別れて水俣の北はずれ、俗称とんとん村に住んだ。家は父が手作りで建てた。そういう器用な人だったのだ。モカも道子一家と暮らした。境遇は一変して、貧しい毎日だった。しかし、道子の心はゆたかだった。水俣川河口がすぐそばで、足をのばすと無数の貝類が住む磯があった。不知火の海辺で彼女は遊び暮らした。母なる海として不知火は彼女の原点となる。精神を病んだ祖母に、道子はいつもつきそっていた。「狂女」はつねにこの世ともうひとつの世のあわいを往き来している。「狂女」とともに在るのはつらいことであるとともに、もうひとつの世に目を開くよすがでもあった。学校の成績は終始トップクラス。先生たちにも可愛がられた。彼女の下には弟三人、妹一人が生まれている。長女としての責任もある毎日だった。

小学校を出たら紡績工場の女工になるとばかり思っていた彼女は、先生のすすめもあって三年制の実務学校（現水俣高校）に進んだ。ここでも学業優秀。しかし、勉強の苦手な学友に慕われたというのも彼女らしい。この頃から短歌を作り始めた。日米戦争が二年生のときに始まっていた。卒業すると教員養成所に入り、十六歳で代用教員として田浦小学校に赴任した。男たちは戦場へ駆り出され、村は荒廃していた。学校で説かれる必勝の精神、雪の日に破れ靴の生徒たち。道子の心は痛むとともに、「聖戦」に深い疑問を抱いた。

そして敗戦。その直後、彼女は水俣へ帰る列車の中で、戦災孤児の少女と出会い、自宅へ連れて帰ってひと月余り世話をした。翌年、『タデ子の記』と題してその少女のことを書く。長く筐底に秘められたこの作品こそ作家道子の第一作である。

一九四七年、学校を退職して石牟礼弘と結婚。弘は中学教師であった。翌年長男道生誕生。

道子は教師時代に詩と短歌を作っていたが、五一年頃から新聞や雑誌に短歌を投稿するようになった。やがて歌人の蒲池正紀に見出され、同氏の主宰する歌誌『南風』の会員となる。彼女は『南風』誌上で頭角を現し、一九五六年には『短歌研究』新人詠に入選するなど、有望な新進歌人として嘱望されるようになる。しかし彼女は次第に歌にあきたらなさを覚え始めていた。

一方、弘と道子の家には、チッソの若い労働組合員などが集まり、いわゆるサークル活動が始まっていた。五四年には当時水俣の生家で療養していた詩人谷川雁と知り合った。詩と散文に彼女の関心が移り、やがて雁が北九州を根拠に創刊した『サークル村』に参加、五九年には共産党に入党した。もっとも彼女が共産党に入ったのは「雁さんのような詩人たちの集まりと思ったからだ」とのことで、翌年早々党を離れている。だが歌人道子はこの頃から大きく変貌する。谷川雁は日本近代の底部へ深々と降りてゆくことを唱えた天才的な詩人だった。道子は彼の示した方向に激しく触発された。都会を中心とする近代化の蔭で、底辺の民が身もだえするドラマが彼女の関心の軸となった。水俣病の患者の聞き書が始まった。『サークル村』六〇年一月号に発表された『奇病』こそ、のちの『苦海浄土』の最初の一篇である。

東京の出版社から追々原稿の注文が来るようになった。『西南役伝説』が最初に発表されたのは『思想の科学』六二年一二月号である。西南戦争を経験した故老からの聞き書で、彼女の創作はこのように民衆史の記録といったスタイルで始まる。一九六六年には『熊本風土記』に『苦海浄土』の初稿『海と空のあいだに』を連載した。一方、彼女には女性史学を創った高群逸枝への深い傾倒が生まれていた。逸枝の夫君橋本憲三の知遇をえて、亡き逸枝の仕事場「森の家」に滞在したのもこの頃のことである。憲三はのち水俣へ移住し、道子の協力を得て、『高群逸枝雑誌』を出すことになる。

創作に専念したい、また勉強をしたいとこの頃彼女は強くねがった。そのために主婦業をやめて家を出たいと考えたこともあった。だが、事態の変化は向こう側からやって来た。水俣病が折から社会問題化したのである。一九六八年、彼女は水俣の友人たちと水俣病対策市民会議を作り、患者への支援に乗り出す。『朝日ジャーナル』がそうした彼女に注目する。六八年同誌に『わが不知火』を連載したのを皮切りに、『菊とナガサキ』『阿賀のニゴイが舌を刺す』など独特の語り口をもつルポルタージュを発表、道子はようやく念願の著述による自立の途を歩み始めた。

決定的な転機は翌六九年に訪れた。『サークル村』以来の友人上野英信の尽力によって

『苦海浄土』が講談社から刊行されたのである。全国的な公害問題の盛り上がりという背景もあって世評は高く、同書には熊日文学賞、大宅壮一ノンフィクション賞（第一回）が与えられた。彼女はいずれも受賞を辞退した。患者の苦患を語った同書によっては賞は受けないと固く決意していたのである。

一方、水俣病患者互助会の中にはチッソを相手どって裁判を起こそうという動きがあり、ついにこの年六月、二十九世帯が熊本地裁に出訴した。市民会議の一員として道子はこの動きに深く関わっており、熊本市の友人に呼びかけて水俣病を告発する会（代表本田啓吉）を結成、こののち七三年の患者勝訴に至るまで、患者家族と文字通り行をともにすることになった。道子の家は患者支援活動の拠点となり、全国から訪れる支援者や報道関係者でごった返した。新聞、雑誌からの原稿注文が殺到、テレビ出演、講演、会議、集会など席の暖まる暇もない状態が続いた。この状態は七〇年にピークに達し、道子は巡礼姿の患者たちとともにチッソ株主総会に出席するなど、水俣病闘争のシンボル的存在となった。

しかし道子は社会運動の闘士ではなく、あくまで詩人だった。彼女はタデ子の例でわかるように、ひとの受難に深く感応せずにはいられぬ魂の持ち主で、その魂はひとの世の成り立ちとは何か、この世界の根源に在るものは何かと問うて悶えた。水俣の庶民世界では、他人の苦しみを見ておれない性分の人間を「悶え神さん」と呼ぶ。彼女は「悶え神」として水俣病問題に関わったのである。しかし彼女の「もうひとつのこの世」のイメージは強烈なインスピレーションとなって運動をつき動かした。水俣病闘争をユニークに彩った「水俣死民」のゼッケンや黒の「怨旗」はいずれも彼女の創案である。彼女が水俣病患者運動の巫女とみなされたのも当然といえばいえた。

一九七一年、患者運動に新しい動きが生じた。父を激症患者として失い、自身はまだ患者に認定されていなかった川本輝夫が、訴訟派患者や市民会議とは別に未認定患者の発掘に乗り出していたのである。川本は発掘した未認定患者とともに、裁判とは別にチッソに対して直接交渉を求め、やがてこの年の暮には水俣病を告発する会の支援を受けてチッソ東京本社で坐りこみを敢行した。道子は川本らの行動の重大な意味にただちに気づいた。これこそ近代的諸制度に頼らぬ生活民の自立を試行するものだ。本社坐りこみはやがて本社前にテントを設営しての長期戦となり、道子は翌七二年を患者とともにほとんど東京ですごした。この間、急性肺炎を起こして病院にかつぎこまれることもあり、悪化していた白内障手術を受け、左眼は失明状態になった。夫弘を始め家族は道子の行動をよく理解して支えた。父亀太郎は裁判提訴の年に逝っていた。お前のやろうとしているのは昔なら打ち首獄門ものだ、その覚悟はあるのかと言い残して。

運動で怱忙を極める一方、道子は旺盛な執筆活動を続けた。新聞、雑誌にエッセイを発表するとともに、七〇年には井上光晴の主宰する『辺境』に『苦海浄土・第二部』の連載を開始し、七二年には『展望』に、川本らの闘いを描いた『天の魚』(『苦海浄土』・第三部)を連載、二年後筑摩書房から単行本になった。彼女のこうした水俣病に関する文章は、たんに社会問題にとどまらぬ事件の本質を世に知らしめるうえで大きな功績があった。

しかし、彼女は水俣病の作家にとどまるものではなかった。彼女にはもっと広い世界との関わりで、おのれの生命の根元を表現しようとする衝動があった。執筆活動に専念するために、七三年裁判勝訴のあと、熊本市薬園町に仕事場を設けた。自伝的名作『椿の海の記』(朝日新聞社)はここで書かれた。この年彼女はアジアのノーベル賞といわれるマグサイサイ賞を受けるためにマニラへ渡った。

一九七八年には熊本市健軍にある真宗寺の住職佐藤秀人氏の知遇を得、同寺脇の借家に仕事場を移した。もともと親鸞の和讃に深く心魅かれる彼女であった。真宗寺の行事のために独特の表白文『花を奉るの辞』を書いた。この仕事場では『おえん遊行』(筑摩書房)、『あやとりの記』などの長篇小説が生まれた。エッセイ集の刊行も多く、幻想的で民俗的な独自の道子文学の世界が展開された。沖縄の始原的な宗教世界への関心が深まり、与那国島や久高島に足を運んだのもこの時期である。八六年には西日本新聞社の西日本文化賞を受賞した。

水俣病との関わりはむろん続いていた。川本輝夫がひきいる患者運動に彼女はつねに伴っていた。しかし、彼女の心は悲劇の舞台となった不知火海沿岸の世界にとらわれていた。水俣病がほろぼしたのはいかなる世界であったのか、それを解明するために彼女は色川大吉、鶴見和子らの研究者の協力を求め、「不知火総合学術調査団」が生まれた。

一九九二年には、祖父祖母をモデルにした『十六夜橋』が完成し、径書房から刊行されて紫式部文学賞を受けた。自伝的連作のひとつの頂点である。

一九九四年には熊本市湖東に居を移した。近くの江津湖までよく散歩を試み、湖の生む幻想が彼女の作品を彩るようになる。ここでは長篇小説『天湖』（毎日新聞社）、『水はみどろの宮』（平凡社）が書かれ、さらに初めての新聞連載小説『春の城』が生まれた。患者たちとチッソ本社に坐りこんでいる時期に生まれた構想で、いつかは書きたかった主題だった。その主題とは島原・天草の乱。『アニマの鳥』と改題して一九九九年に筑摩書房から刊行された。七〇代を迎えて、創作力はいささかの衰えも見せていなかった。

道子は水俣病事件と深く関わるなかで、浜元フミヨ、田上義春、川本輝夫といった患者の人格から多くの霊感を得て来た。そのいずれもが世を去り、水俣病問題自身が最終処理という言葉に示されるように風化にさらされる頃、彼女の前に大きく姿を現したのが若き漁師緒方正人だった。緒方は父が激症患者として死亡後、自らも認定申請して患者運動の先頭に立ってきた。だが裁判や行政との交渉を重ねるうちに転機が訪れた。すべてが金の問題として制度的に処理されてゆくありかたが突然いまわしいものに見えた。彼は認定申請をとりさげ、従来の運動と絶縁して、今日の文明を根本的に問う本願の会を、杉本栄子など数名の患者と結成した。道子の名もむろん発起人の中にあった。道子は正人の行く手に、水俣病患者運動の新たなよみがえりを見た。

晩年のみのりが道子を訪れようとしていた。二〇〇〇年にはかねて尊敬する白川静との対談が叶った。二〇〇一年には新作能『不知火』を書き、冒頭に述べたように大きな反響を得た。二〇〇二年には朝日賞を受け、翌年には詩集『はにかみの国』が芸術選奨文部科学大臣賞にえらばれ、二〇〇四年に刊行開始された全集第三巻に『苦海浄土・第二部』が初めて収録され、『苦海浄土』三部作の全貌が明らかになった。

道子は文学者仲間や編集者たちとの交遊のうちに一生を送るふつうの文学者とは、およそことなる生涯を過ごしてきた。ものごころついた時から彼女は孤独感につきまとわれ、それゆえにこそ文学的表現の途へ進んだのであるが、一方彼女は絶えず人びとの輪の中にいた。文学的思想的な自己形成が谷川雁の指導するサークル運動の中で行われただけではない。水俣病運動に身を投じた青年たちはみな道子を敬愛した。真宗寺という特異な寺に集う若者たちもみな道子を慕った。彼女にとって孤独な執筆の刻と、若者たちに囲まれる嬉戯の刻とは、異質のようでありながらともに欠かせない人生の要件であった。

熊本市に人間学研究会という小さな集まりがあって、その一会員が給料を営々と積み立てて、ついに一軒の家を立てた。むろん研究会の会議室も設けたのだが、彼はそれにとどまらず道子がその家を仕事場として用いてくれることを望んだ。二〇〇二年から、彼女は上水前寺のその家に住んで、最後のいくつかの仕事にとりかかろうとしている。二年前から彼女は歩行や起居の不自由を感じ始め、パーキンソン病の診断が下った。しかし仕事場には絶えず友人や介助の人々が集まり、道子は彼女のなしとげた仕事を尊敬する彼らに見まもられつつ、闘病と執筆の毎日を送っている。

道子の創造した作品は、これまでの日本近代文学になかった独特の構造と味わいをもった文学である。しかしそれだけではない。最近石牟礼道子研究に専念している熊本大学教授岩岡中正は、道子の文学の文明論的な意義について、「近代の認識論やひろく近代知によって失われた全体性、複雑性、関係性、多様性、内発性」を回復しようとするのが石牟礼文学の志向であり、それはまさに彼女における「脱近代の知の創出を示すもの」だと述べている。彼女の創造した世界はこのように様々なゆたかな解釈の可能性をはらみつつ、私たちの前に置かれている。

「思想家」石牟礼道子——岩岡中正『ロマン主義から石牟礼道子へ』について

著者は以前私に「これまでの石牟礼道子論はダメです」と語ったことがあって、巫女的とか土俗的といったこれまでの石牟礼評にうんざりしていた私は「ホホウ」という気になったが、それでは、この人をしてこう言わしめる新たな観点とは何なのか、まだよくわかっていなかった。

この本を読んでわかった。著者は石牟礼道子をひとりの思想家として位置づけたのだ。たしかにこれはこれまで誰もやろうとしなかったことだ。虚をつかれたような思いになるのは私だけではあるまい。もちろん、彼女の著作に思想のゆたかな原鉱を見出して来た者は何人もいる。だが私には、彼女は何よりも文学者として評価されるべきだという思いが強かった。ところが著者は、詩人はその本質からして根源的思想家であるというのだ。なるほど、考えてみればおっしゃる通りである。

著者はもともと、イギリスロマン派の詩人たちの政治思想・社会思想の研究者で、『詩の政治学』という著書もある。コールリジやワーズワスは詩人であるがゆえに思想家であり哲学者であった。文学を思想や哲学と区別された狭い領域に閉じこめる奇妙な習慣から著者は免れている。石牟礼道子を思想家として発見する眼力は、著者のイギリスロマン派との格闘のなかで培われたのだ。

石牟礼道子はコールリジやワーズワスの近代批判につながる思想家として位置づけられる。つまり、「道具的理性」によって分断され対象化され手段化された近代世界を批判し、自己もそのうちに含まれる世界の共同性の回復をめざす思想の系譜に連なる存在とされる。しかも、近代の誕生に立ち合ったコールリジたちの時代と違って、一九六八年の学生反乱以来、危機と終末の様相を深めた現代にあっては、近代知から全体知へのパラダイム転換が急務となっており、石牟礼はそのような転換に大きな寄与をなしつつある思想家だというのだ。

しかし、あえて苦いことを言えば、近代知から全体知へのパラダイム転換というのは、ずいぶん耳にタコのできた話ではある。石牟礼がそのような転換の一翼を担う存在だというのは、この特異な詩人の位置づけとして必要かつ大切な指摘ではあろうが、それを言うだけでは彼女の文学を一般的思想性に解消してしまうことにならないか。

心配はご無用。著者は熊本大学で政治学を講ずる学者であると同時に、実はホトトギス派の高名な俳人であり、俳誌『阿蘇』を主宰する宗匠なのだ。永年鍛えた言葉に対する感覚がこの際ものを言う。共同性・公共性・神話性・全体性といったこちたき概念的規定が、石牟礼の文章のこまやかな感受・分析のレベルで、生き生きとした具体性を獲得する。この本の読みどころは実にここにあり、石牟礼のエッセイの内包する意味をこのようにみごとに読み解いた例を私はほかに知らない。

著者はまず、近代に対する石牟礼の絶望の深さをおさえる。そしてその絶望が、何よりも生命ある言葉が死に絶えた状況に由来することを明らかにする。近代の学者ことば、官僚ことば、ジャーナリストことばへの石牟礼の根源的な違和感は、海と空と大地にはぐくまれた生命の連関とざわめきを、近代の諸制度が隠蔽し破壊して来たことへの反応なのだ。生命も実在も世界もいわく言い難い。この言い難いものに迫ろうとするのが詩人石牟礼道子の言葉である。著者は概念語に頼らないこのような暗喩の哲学がありうるのだということを、石牟礼の文章に即して示した。この本の大きな業績である。

著者は近代の初発には、いま現にある近代とは異なる「情念に支えられた知性の全体性と能動性」があったのではないかと言う。重要な論点だと思う。そういえば、反近代の権化みたいな石牟礼文学は実は意外に近代的なのだ。読み終えて、近代のどうしようもなさと、それが実現できずに終った可能性を、同時に見透せる眼がほしいとつくづく思う。

新たな石牟礼道子像を

全集というものは普通、世間的にも評価の確立した文業がまずあって、それを後世のために、あるいは同時代の熱心な愛読者のためであってもいいが、総括して提示する、または保存するという意味合いのものであるだろう。ところがこの度の『石牟礼道子全集』の刊行は、いまだ評価未確定の文業の真価を、初めて包括して広く世に知らしめるという、普通の全集よりずっと積極的な、あえていえば冒険的な企図の上に立つものではなかったろうか。事実、石牟礼道子という近代文学史上真に独創的な作家に対する社会的評価は、池澤夏樹氏が企画した河出書房新社版『世界文学全集』に、日本作家を代表して唯一『苦海浄土』三部作が選ばれるという一事に表われているように、『全集』刊行中に著しく上昇し、確定したように思われる。

むろん石牟礼氏は『全集』刊行以前に、知名度の高い著述家としての地位を築いていた。

しかしそれは、水俣病事件をはじめとする様々な社会問題に、底辺の民を代表して、人びとの心の底にとどく痛切な訴えを行なうという、社会批評的ないし記録文学的なライターとしての地位であったといってよい。彼女の文学者としての独創性は早くから一部の者たちに気づかれていたが、それが一般でなかったのは、いわゆる「文壇」を実質的に構成する「文芸誌」が、『群像』を除いて彼女の作品を掲載してこなかった事実をもって明らかである。どうでもいいことだが、彼女は純粋な文学者として、「文壇」から認知されてはいなかったのである。私は故江藤淳が、「自分は『苦海浄土』を文学とは認めない」と言っていたと、ある人から伝え聞かされたことがある。水俣病事件のジャンヌ・ダルクとしての彼女の盛名は、江藤ほどの批評家にも偏った先入主を与えていたらしい。

『石牟礼道子全集』の意図は、藤原良雄という強烈な自己主張をもった人物のすべて決定するところだったといってよい。ほかの者、たとえば私がこの『全集』を編集したとしたら、それは決して今見るようなインパクトをもった『全集』にはならなかったろう。それは端的に解説者の選びかたに表われている。藤原氏のほかに誰が、町田康、河瀬直美、永六輔、水原紫苑、加藤登紀子などを、石牟礼の作品の解説者として思い浮かべたろうか。石牟礼氏はごく初期から、左翼的ないし市民主義的な大学教師のうちに礼讃者を見出して来たが、そういう古くからの石牟礼支持者あるいは関係者を、藤原氏は鶴見俊輔氏を除いて一人も起用しなかった。つまり藤原氏は石牟礼道子をもっと広い読者に開放したかったのである。

私は『全集』の企画段階から、藤原氏の相談を受けたが、企画について私が意見を述べることなど何ひとつないと思っていた。というのは、この人が単に有能であるのみならず、非常にユニークな企画力、言い換えれば独特なイマジネーションを持った編集者であることが、すぐにわかったからである。この人なら、新しい読者たちに、これまで作られたイメージを一新する石牟礼道子像を与えてくれるだろうと私は信じた。

従って、私が『全集』の企画について協力したことは皆無だった。私に出来たのは、資料の若干を提供することだけである。膨大なノート群の中から未発表の詩・短歌・俳句をひろい出したのもそのひとつだ。東京の『森の家』すなわち高群逸枝邸での滞在日記や、「東京水俣展」における「出魂儀」のシナリオを発見したのもまたそのひとつである。彼女が短期間共産党員だった間、『アカハタ』の小説募集に応じて佳作となった『船曳き唄』の未発表原稿も提供できた。驚きだったのは『石飛山祭』と題する、巫女のひとり語りの形をとった作品が、全く完成した形で発見されたことである。彼女が職業的ライターになる以前の様々な試作は、彼女の全著作中でも重要な意義をもつものだと私は思っているが、そのかなりな部分を、この度の『全集』は明らかにしたはずである。

しかし、彼女がこれまで書き溜めたノートは膨大なもので、私はまだその内容のすべてを調べ尽してはいない。そのうちいくつかの述作は、私が友人たちと出している雑誌『道標』（熊本市東区京塚本町五五―八　辻信太郎方）に、『石牟礼道子資料』として発表されつつある。だが、私もそう長く仕事が出来るわけではないので、結局はすべては後世の研究者にゆだねられることになるのだろう。

『全集』の完結によって、詩人・小説家としての石牟礼道子の全貌は明らかになった。石牟礼道子の文学的意義は、まず何よりも、これが日本近代文学史上初めて出現した性質の文学表現であるということだ。日本の非知識人的大衆は、文字を媒介とせぬ世界＝現実を語りとしてとらえ表出する長い伝統を持って来た。それは、山河とそこに棲む人間を含む生きものの世界の認知であり、解釈であり、それに対する抒情であり感動であり、近代の知識人が文学者も含めて、その実質その手触りを忘却したものである。石牟礼はそのような非知識人的近代的な現実触知の世界に、日本近代文学史上初めて言語的表現を与えたのである。

しかしそれは、民話の世界の発見というものではなかった。民話的世界を即自的に述べるのではなく、民話的世界のリアリティに対する感覚を、まさに近代的な文体意識で表現したのが彼女の作品世界なのである。彼女が非文字の世界を描出するのは、文字が形成して来た世界の到達点である近代に生きる者としての矛盾や悲哀や孤独にうながされたからこそであって、そういう彼女は文字以前の世界に安住しているのではなく、まさに文字文化によって与えられた分裂した意識の中に生き、そこから引き裂かれる以前の世界を幻視するのである。

日本における近代の出現のもつ意味は、彼女の文学的表現への出立において決定的に重大であった。彼女自身の表現者としての出立を可能ならしめたのは近代であった。だがそれはまた、それによって己れが養われるべき生の基礎が根底から揺さぶられることを意味した。近代と前近代が重層する中で立ち昇るきしみと呻きを、彼女ほど宿命的な課題とした詩人はいない。

彼女の作品世界の現代に対して有する思想的意義は、すでに説かれ始めている。それは計量化され合理化される現代人の生活に対する批判・懐疑として、広く行なわれている思想的言説の一部として、彼女の作品を読み解こうとする試みである。しかしより重要なのは、彼女の作品の構造、文章の特質を分析し、その特異さが何を意味するのか理解することだろう。その作業はほとんどまだ行なわれていない。

彼女の小説は日本近代小説の中で、目立って特異な構造を持っている。時間と空間の把握、その処理のしかたが、近代的な小説のナラティヴと著しく異なっているのだ。時間・空間がストーリーとしてリニアーに接続したり展開したりするのではなく、多系列的に共存し混在している。話はたえずあと戻りして渦を巻き、時間・空間の基準点は不明確になる。むかしといまの区別がない。過去は現存し、現存するものはたえず過去と混りあう。すべての存在が過去・現在、遠近の区別なく、一斉にせり立ってくる。それは万華鏡のように変転する世界であり、それゆえ上野英信は彼女の文体を灰神楽が舞うようだと評したのである。

私は彼女の話法を見ると、火鉢の上の金網で焼かれる餅を想像する。餅の一部がふくれあがり、やがてふくれた部分はもとの本体より大きくなってしまい、さらにそこからまた新たなふくれが生じる。そのように彼女の語りかたは、つねに語りの一部分が肥大してもとの語りを覆ってしまい、全体と部分の区別が不明瞭になって、一斉に並列した現象＝語りがカオスの深さを示すというふうになっている。

彼女のそうした語り、文体がどこから生れたのかは謎である。資質といってよいのかも知れないし、近代的理性によって整序される以前の世界把握のしかたが、何らかの遺伝法則によって出現しているのかもしれない。ふつう作家も詩人も、先行者を模倣するうちに個性を獲得する。ところが彼女は、鷗外も漱石も藤村も龍之介も直哉も読まずに作家となったのである。こんな例を私はほかに知らぬ。しかも、文章は先行する偉大な詩人、作家の技法・特質を学び抜いたとしか思われぬほど、鍛えられているのだ。とくに、古典的で優美かつ想起力に富む語彙を駆使できる点で、彼女は現存作家中筆頭に位置する。

石牟礼道子という文学的現象を分析し理解することは、それを思想的現象として理解するよりずっと大事だと私は考える。なぜなら思想は表現のうちにこそ、その構造をあらわにするからだ。しかしそのためには、彼女の膨大な著作のうち、特に小説を丁寧に分析することが必要である。それは厄介な作業であるし、また文学的訓練も要することなので、容易になしうることとは思われない。しかし、それは必須の作業であり、これまでちゃんと行なわれていないだけに、今後の取りくみが期待される。この度の『全集』はそういう作業の前提をすべて整えてくれたのである。画期的な石牟礼道子論の出現が期待できよう。

生命の痛々しい感覚と言葉

――石牟礼道子さんとお会いになられたのはいつですか。

石牟礼さんの名前を知ったのは谷川雁さんがやっていた「サークル村」の一員としてでした。谷川さんとは五四年ころからの知り合いですが、「サークル村」には僕は入らなかった。一九六一年に「サークル村」は潰れましたが、そのあと、雁さんが講演で熊本に来たんです。その当時、僕は雑誌「炎の眼」を出していましたが、熊本には他にもいろんなサークルがあって、それらを合同しようという話が雁さんの来熊をきっかけにはじまりました。そうしてできた集団に雁さんが新文化集団という変な名前をつけたんですね。そのころ、鶴見俊輔さんがやっていた「思想の科学」で一冊まるごと地方のグループに編集させるという企画があって、その流れで、新文化集団で一冊誌面をいただいて共同研究をやったことがありました。一九六二年秋のことです。そのころ私は東京にいたのですが、帰省した折に出席した会合に石牟礼さんが出てこられたことがあって、その時初めて石牟礼さんにお会いしました。だけどその時は顔を見知った程度でした。

私は「日本読書新聞」に勤めていたのですが、そこを辞めたあと食い詰めて、そのままでは一家心中するしかなくなってしまいました(笑)。それで一九六五年の春に熊本に帰ってきまして、その十二月から「熊本風土記」という月刊誌を出しはじめたんです。地方の文化雑誌を出して喰ってゆこうとした訳です。それに石牟礼さんにも書いてもらおうと思って水俣に訪ねて行きました。そしたら『苦海浄土』の第一稿になる『海と空のあいだに』を連載しようということになりました。

——その時、石牟礼さんに水俣病を頼もうと思ったのはどうしてですか。

水俣病というテーマは彼女が選んだと思いますよ。というのも、それまでもかなり水俣病についてはいろいろ書いていたんですよね。『苦海浄土』の最初のものが「サークル村」に「奇病」という名前で載っています。その後、谷川健一さんたちが監修した『日本残酷物語』にも書いていたり、断片的にいくつか書いているわけです。そういうのを仕上げたかったんでしょう。昔のことだからよく覚えていないけれども、僕のほうから水俣病の連載をしてくれと言ったんじゃないと思います。何か書いてくれと言って「じゃあ、水俣病のことを書きましょう」だったと思います。結局「熊本風土記」という雑誌は月刊で十二冊出たんですよ。彼女は八回書きました。八回書いたところで「熊本風土記」が出せなくなったんですね。七百部くらい出してまして、印刷費の元は取っていたんですが、私の食い扶持が出てこない。一年間は保ちましたけど、資金を全部食いつぶして止めてしまったんです。だけど、その一年でだいたい連載は終わっていました。

当時の彼女は原稿用紙の使い方もよくわかっていなかったので、私のすることは「ここは句点なのか読点なのか」「ここは改行するのか」「ここにはカッコが入るのか」とかいうように、原稿用紙の使い方を教えるというふうなことに過ぎませんでした。内容はあの人が書いたとおりのままです。一部には『苦海浄土』という作品は渡辺が編集者として関わったという伝説がありますが、それはまったくの間違いで、私はただ原稿を受け取っただけです。「熊本風土記」に連載中からこれは凄い作品だ、必ず評判になる作品だと確信していました。厳密に照合はしていないけど、本にするとき、ほとんど手入れはしていないんじゃないかな。あまり書き足してもいないと思うんだけどね。

実は今度、第九回の原稿が出てきたんですよ。というのは、石牟礼さんは第九回を書いたんだけど「熊本風土記」がぽしゃったからそのままになってしまっていた。その原稿がついこの間出てきたんですが、原稿用紙十枚で後がないんですよ。いま、「道標」という雑誌に「石牟礼道子資料」として彼女が少女時代に自分で手作りで作った歌集とか日記類を載せているんですが、そこに「苦海浄土」第九回を載せました。これは支援者の走りみたいなのが水俣に来て患者の家に泊まり込んでいて、その泊まり込んだ青年の視点から水俣の漁民の人情の厚さみたいなことを書いている作品なんです。だからちょっと全体の流れと違うから入れなかったのか、どういういきさつかわかりませんけれども、本にははいっていませんし、途中で終わっているんですね。だいたいいつも一回に三十枚くらい送ってきていましたから、続きがあるかもしれませんし、それも後で出てくるかもしれません。長年私も石牟礼さんの書いたものを整理してきているんですけど、全部は把握しきれていません。とにかくいろんなものが出てきましてね。一昨年には小説でもない、散文詩でもない。言ってみれば、昔で言う説教節の台本みたいな、そういう物語が出てきたんですよ。「石飛山祭」という作品で、これは「群像」に掲載されました。一九六一年頃に書かれたものだと思います。そういうのが今になって出てくるわけですから、これからも何が出てくるかわからないですね。

——「熊本風土記」の連載のあとはどのような関わりでしたか。

その後、彼女はいろいろ調べものをするのに熊本に出てくるようになります。そしたら私の家に泊まっていただいて、二本木遊郭の跡など、いろいろ案内していました。彼女はその六八年ころから「朝日ジャーナル」に書き出して、一九六九年の春には『苦海浄土』が講談社から本になったでしょう。その頃から一気に原稿の注文がきはじめたわけです。一方一九六九年の四月に裁判をはじめるのですが、そのために彼女は水俣病市民会議というのを水俣でつくります。ただ、裁判は熊本であるわけですね。それで熊本に支援組織をつくってくれと言うわけですよ。そこで僕がいろいろかき集めてつくったのが「水俣病を告発する会」です。それから、水俣では機関紙をつくれないから僕につくってくれと言うので「告発」という機関紙をつくりました。つまり彼女は作家としての生活が始まり、もう一つは水俣病という問題を抱え込んだ。

僕も石牟礼さんを見ていると放っておけないんですね。熊本に出てきたら安い宿を探してやらなきゃならんでしょう。そして宿に泊めたら朝に迎えに行って裁判所に連れていかなきゃならんでしょう。「どこそこに行きたい」と言われたら連れていかなきゃならんでしょう。原稿の注文があれば清書してやらんといかんでしょう。要するに彼女の秘書みたいなことを始めたんですよ。誰かそれをやる者がいないとやれませんからね。それでもうあの当時は売れっ子になって裁判も始まったものだから、新聞社もヘリコプターを飛ばして彼女を乗せたりしていた。「朝日ジャーナル」も彼女をよく使って、新潟に行くわ三里塚に行くわ、大変だったんですよ。僕はついていったわけではないけれども、そのための段取りをしたんです。

本人も自分の作品をどの雑誌に書いたかわからないんです（笑）。そのせいで朝日と筑摩書房の大の二人の男が殴り合ったこともあります。『椿の海の記』は筑摩が出していた「文芸展望」に連載されてましたから、これは筑摩がてっきり自分のところから本を出すと思っていたんだよ。ところが朝日新聞社の人間が石牟礼さんに工作した（笑）。それで朝日から本になったときは筑摩の原田奈翁雄さんがそいつを殴ったんです。

そんなふうに新聞の依頼やいろいろなところの注文を受けて、言わば僕はマネージャー役みたいなことをしたんです。ある時期までは彼女の原稿は僕が全部清書していました。それが最近まで続いていただけでなく、いまのように具合が悪くなる前から、ここ二十年くらい僕が晩飯をつくってきたんです。最近は米満さんという秘書役をやってくださる方がいらっしゃるから、今は晩飯つくりだけです。とにかくそういうことで四十年間やってきたんです。

――渡辺さんへの石牟礼さんの影響というのはありますか。

影響と言うより、石牟礼さんと僕は全然違うからね。体質も違うし、頭の構造も違う。あの人はこれまでの日本近代文学とか日本の近代知識人とかそういうところとまったく違うところから出てきた人で、そこに彼女のユニークさというか凄さ、存在意義があるわけですけれども、僕は日本近代知識人のオーソドックスですから、世界が違うわけですから、僕にとっては彼女が示してくれたようなああいう世界がひとつの驚異なんです。

従来、長塚節の『土』や、和田傳のように、百姓の生活というのは無知で汚くて暗くて可哀想みたいなそういうイメージでは書かれてきたんですよ。しかし、農民ではなく漁民ですけれども、文字の世界に生きていない、日本の近代のマージナルなところにいる生活者、コスモスの層の民話的なものも含めた豊かさというものがあって、それを文学表現にもたらしたのは彼女が初めてだった。もちろん柳田さんなどの日本民俗学の仕事はあるんですよ。しかし、農村や漁村の人びとの世界像というものが、ああいうふうに造形的に描かれたことはなかった。そういう世界というものは頭の中ではわかるんですけれども、ああいうふうに具象的に描かれると、まさにそこに存在しているものとして感じ取れるわけですからね。すると僕がずっと思っていた近代というものは何なのかと考えさせられるんです。

僕は十七歳で共産党に入り、そして八年間は一兵卒としてやったんです。そういう自分の左翼体験というものがあって、左翼というものが一体何を求めていて、そしてどこがおかしかったのかをたしかめたいという自分自身のテーマがあるんです。そういう自分の近代というものに対する希望、若い頃の幻想といったものに対してある決着をつけたり、答えを出す上で、その世界だけでは答えが出てこない。ところが石牟礼さんが描かれたような世界があり、それを媒介項として入れたら、今まで自分が追求してきた問題に対して違った光を当てられて違った答えが出てくる。そういう意味で石牟礼さんに教えられました。

結局僕は十五、六歳の頃からずっといろいろなものを読んで書いて、ひとときもそれを廃したことはないんだけれども、自分のテーマというのはやはり石牟礼さんと知り合って、特に運動をやるなかで形が出てきたんだと思います。僕のオリジナリティーがあるとすればそれは石牟礼さんと触れ合うなかで確立されたんだと思いますね。ただ先に言ったように自分と石牟礼さんとは全然違う。あの人が沖縄問題とかアイヌ問題とか部落問題、朝鮮問題について言うことはだいたい左翼のパターンだから、僕はそういうのはいいやと思ってしまうのね（笑）。

彼女は一時期、大学知識人からものすごくウケがよかったんですよ。文壇からはなかなか認められなかったかわりに大学知識人たちにモテモテだった。なかには結婚すると言っていた人までいたんですよ。石牟礼さんには旦那さんがいたのにね、本気で「僕は石牟礼さんと結婚する」と言ってまわった人がいたんですよ（笑）。新聞記者なんて来ると、彼女のインタビューに感動して帰るわけね。お涙頂戴がこんなに上手な人はいない。そういうのは僕は「ふんふん」と笑って見てました。「どうぞやりなさい」と思ってました、悪いことではないからね。「まあ、役に立つでしょう。どうぞやりなさい」って。ただ僕はそういう世界とは接点がない。だけど彼女は僕が知らない世界まで広げていった。そういうことをしたのは彼女ひとりじゃない。インディアンやいろいろな人類学的な記録があるし、あるいはガルシア＝マルケスとかにもそういう世界があるわけだけど、非常に美しくヴィヴィッドに描き出したのは彼女だと思います。これは誰にもできないことだと思います。

――そこが石牟礼さんの大きな魅力ですね。

この世界の感じ方が違うんですね。石牟礼さんはたとえば時間の流れも、過去現在未来というふうに順番に流れないんです。時間が繋がるんです。だから小説の書き方もユニークですね。たとえば文芸誌の編集者さんなら「この人は小説の書き方を知らないんじゃないか」と思ってしまうんじゃないかと思うくらいです。ある描写をしているとすると、これは一体何なのか、現在の今ここだと書いているのか、それとも回想シーンの中なのか、時の基準点はどこなのか、わからなくなるんです。たとえば餅を焼くでしょう。ぷうっと膨れるでしょう。また膨れるでしょう。簡単な話で、「私は庭に出て、椿の花が咲いていたから、それをよく見ようと思って縁側に下りて、椿の根元に寄っていき、椿の花をしげしげと見つめた」。それだけの描写の中に「椿の花といえばこういうこともある」というのが入ってくる。そっちのほうが長くなる。「私は縁側に下りて、椿の根元まで寄っていき、椿の花をしげしげと見つめた」というのが本体なんだけど、「椿といえば」とか「縁側といえば」とかが入って長くなるわけです。独特な話の作り方ですよね。時の基準点は何なのか。回想の中にまた回想が入ってくる。順番に流れる時間じゃなくて、時間の中に泡みたいなものがあって、それが繋がっているみたいな迷宮的な文章なんですね。だから試験問題になるんです。センター試験の本試じゃなくて追試のほうに出たんです。僕は河合塾に教えに行っていましたから、すると同僚の講師が「全部逆になっとるもんな」といいました。ある時、市場に行っておばあちゃんと出会った。そこから話が全部遡っていく。時間が遡っていることを生徒はなかなかわからないんですね。時間は先に進むと思っているから。そういったように時間の構造が独特なんですよね。いわゆる二十世紀文学はこれを意識してやったんだよ。彼女はそれをまったく意識していないでやるから凄い。

だから日常生活においても時間が移動していく。議論しても論点移動だもん。ずっと論点移動だから絶対に勝てない。だいたい「私が結婚したのはいつだったでしょうか」と僕に訊くんですよ（笑）。「昭和二三年の○月でございます」と僕は答えるわけですけどね。あの独特の物語の構造の世界が彼女の作品が売れない理由なんですね。一方で熱烈なファンがいて、米を送ってくるわ、蜜柑は送ってくるわ（笑）。そのわりには小説は売れない。すうっと読める小説ではないですからね。非常に複雑な構造をしていて、作品を注意深く読んでいかなければならない。

『十六夜橋』という小説があって、これは原田さんがやっていた「径書房通信」に載せたものです。これは二十年くらいに亘る物語ですが、主人公の少女は歳を取らない。ほかの奴らは歳を取るんだけれども。僕はそれを登場人物の名前を挙げて、時系列を書いて、年表にしてみたことがあります。すると主人公の少女はずっと遅れて歳を取るんです。でも「構わんでしょう」と彼女は言うわけです。だからファンタジーであって、この世の時間ではない。迷宮的時間なんです。そこに特異性があって、彼女の文学としての強烈な個性だと思いますね。普通は文学者になる人は十代のときからいろいろ読むわけですよ、日本文学にしても西洋文学にしても。そして「ああ、僕もこうなりたい」と思って作家になるわけです。彼女はそうではない。何を読んでこんな作家になったのか。何を読んでこんな文学になったのか。たとえば能というのは古典のつづれ織りなんですね。いろいろな要素が混交している。彼女はそういう古典的な言葉遣いがぴしっとできる。能的語彙が身についている。どこで仕入れてきたのか。僕は最初、彼女の文章は宮沢賢治に似ていると思っていたんです。語り口なんかが似ている。ところが彼女は宮沢賢治を読んでいない。読んでいるのは「オツペルと象」と「雨ニモマケズ」くらい。あとはほとんど読んでいないんじゃないかな。こんなに日本近代文学を読まない、西洋文学も読んでいない作家はいない。「なんで読まなかった?」と訊くと「だって面白くなかった」と言うんだな。面白くないというのは、西洋文学というのはやはり忍耐が要るんですよね。近代文学以前の『ドン・キホーテ』にしても、読むのに忍耐が要りますよね。近代文学でも、たとえばバルザックを読むには忍耐が要りますね。とにかく服装や住宅の描写なんかをやるわけだから。石牟礼さんは本を読むとき、最初から最後まで読んだことがない。一冊もないと思う。短編なら読んだだろうけど、一冊の本を始めから終わりまで読んだことは一冊もない。僕の本も読んだと主張しているけど、終わりまで読んだ本は一冊もないと思う(笑)。どう読むかというと、最初に真ん中を読んで、とばして最後を読んで、それから最初に戻るといったふうに読むんですよ。自分に訴えかけてくるところがあると読むんです。私が書いているのは理屈だから、「こうであって、こうだから、こうだ」と書いてあるんだから、それを全然無視して「この表現はいい」と言われても困るんですよ（笑）。そういう読み方だから、一番いい読み方ですよ。自分の感応する、自分の栄養になるところだけ読むんです。一番勝手なエゴイスティックな読み方ですね。日本の古典も西洋の古典も読まずに作家になったのは石牟礼さんだけだと思うね。しかし、あの言葉がどこから入ってきたのか。それはやっぱり言葉に対する才能というかね。ちょっと読んだ言葉でも自分に入ってくるということなのかもしれませんけどね。

皮を剝かれた因幡の白兎じゃないけど、やはりこの世に自分の生命が存在するということは、痛々しいわけですね。たとえば芭蕉が捨て子を見て、己の拙さに泣けると言ったでしょう。そんなふうに野っ原に赤ちゃんが捨てられて泣いている。生命というのはそういうものだというのが石牟礼さんの根本的な生命感覚なんですよ。人間というのはみなそういう孤独感をもっているかもしれないけれど、自分の存在というのをこの世界に投げ出された、ひとつの寄る辺ない、露出されたものだという感覚を非常に強くもっているのがこの人の本質だと思いますね。そこから全てが出てくると思います。そういうのは日本文学の伝統で言うと、説経節の世界にもあるんですよ。室町時代の終わり、戦国時代です。当時の絵を見てみると、ささらを弾きながら語るわけでしょう。そしたら髭面の侍がおんおんと泣いている。髭面の侍というのは戦場では人をぶった切って、女子どもをぶったぎっても平気なんです。それがおんおん泣いているんですね。当時の日本というのは人前で泣くことが恥ずかしいことでも何でもなかったんですね。説経節の世界では、継母が苛めたとか「私は可哀想」という世界なんですね。これでもか、これでもかというふうに、ある生命が受難していく。そういう物語なんです。そういう感覚が石牟礼さんの根本にある。

なぜそういう感覚があるのか。この人が生まれたのは、石屋さんの親方で、ある時期まではお金持ちの家で育っている。ある時期からは没落したけれども、それなのにどうしてそういう感覚があるのか。ところが見渡してみると小さい時から近所に女郎屋がある。その女郎屋には天草辺りから十六、七の女の子が売られて来ている。そういうのを見て何ともない人間と胸が痛む人間がいて、この人は極端に胸が痛む。ナルシシズムもある。彼女の本質はナルシシズムでもあるんです。「私は可哀想」という感覚です。石牟礼さんは人が訪ねてくると押し入れに隠れていたことがあるし、あるときは自分が出ていって「石牟礼道子は留守でございます」と言ったこともあります。一緒に喫茶店にいくと、隅っこに座ろうとする。高群逸枝さんもそうだったらしいですね。自分の生命というものがひとたび社会の目に露出したら、何か損傷を被るという感覚があるんだと思います。これが本質です。『苦海浄土』でも、生命の損傷ということを生々しく感じる能力がまずあるんです。下手すると彼女は書くものでもお涙頂戴になる傾向もあるんですよ。だけど、そうならないのは文章が鍛えられているからだろうね。とにかく若い時から文章が鍛えられている。『苦海浄土』の文章を見ても未発表の文章を見ても、若い時から文章が鍛えられている。どこで鍛えたのかわからないけれども鍛錬された文章です。非常に弾性に富んだ文章です。ぴんと撥ね返るような文章で、しかも襞々ににゅるっと入っていく。平板な文章ではない。蠕動している文章ですよね。こういう文章がどこで鍛えられたのか。それは持って生まれた才能と言うしかないし、持って生まれた言葉に対する感覚としか言い様がないんです。

（二〇一三年一月一六日談）

2

『苦海浄土・第二部』の真価

『苦海浄土・第二部』は井上光晴編集の季刊誌『辺境』に、一九七〇年九月から一九八九年にかけて連載された。『辺境』は中断を挿みながら三次にわたって刊行されたが、第二次『辺境』の刊行状況はほとんど年一冊、第二次と第三次の間には十年の空白があった。一九八九年、第三次『辺境』の終刊によって、連載は十八回をもって未完のままに終り、その後単行本となる機会もなかった。二〇〇四年四月から藤原書店の『石牟礼道子全集』の刊行が始まり、その第一回配本は『苦海浄土』の第一部・第二部合本であった。この時作者は第二部の最終章「実る子」の後半を書きあげ、三十数年にわたる懸案の仕事にやっと決着をつけたのである。『苦海浄土・第三部』にあたる『天の魚』ははるか以前、一九七四年にすでに刊行されていた。

このように完成に長期を要したのは、発表媒体の中断によるところが大きかったが、そもそもは時が経過するにつれ、作者の側で執筆に苦渋が伴うようになったのが根本の理由と察せられる。というのは、『第一部』は公害認定から水俣病対策市民会議の結成までの動きを含むとはいえ、基本的には、水俣病がまだ社会・政治問題化する以前、被害民がひっそりと隠れて苦しんでいた時期の状況を照らし出したもので、作者は無名の詩人として、たとえ父親から昔ならはりつけ獄門じゃ、その覚悟はあるのかと雷を落とされることはあったにせよ、自由にその眼と心を働かせることができた。彼女は患者たちを「取材」したのではない。文中にあるように、彼女は市役所職員の赤崎覚氏（作中では蓬氏）に連れられて患者宅を訪ねたのである。「水俣学」の提唱者原田正純氏は昭和三十年代の後半、インターン生として現地検診に参加した頃、たびたび見かける作者をてっきり保健婦と思いこんでいたという。そのように自然に患者家庭に寄り添う姿勢からこの名作は生れた。

しかし、『第二部』が扱っているのは一九六九年の患者二十九家族の訴訟提起から翌年のチッソ株主総会への出席まで、つまり〝訴訟派〟の運動が社会からもっとも注目を浴びた時期である。しかも作者はその昂揚期に筆を起したものの、一九七二年には『第三部・天の魚』の執筆を開始し、『第二部』の執筆は七三年の訴訟判決ののちに持ち越された。そのとき、執筆を開始したときとは運動の状況は一変していた。

というのは『天の魚』が扱っているチッソ東京本社占拠は、〝訴訟派〟とそれをバックアップする市民会議とはまったく違うところから出て来た動きだった。この運動の主体となったのは川本輝夫ら新認定患者たちで、作者が七一年の暮から彼らと心身をともにした次第は『天の魚』に委細が尽されている。チッソ本社前にテントを張ったこの歳月は、作者にとって生涯においてもっとも充実した時期だったのである。

しかし、この突出した行動は運動内部に様々なきしみを生まずにはおかなかったし、それは作者自身を巻きこんで苦しめることになった。『第一部』が運動以前の無垢のなかで、『第三部』が運動の頂点の輝きにおいて書かれたとすれば、『第二部』は運動が分裂と混乱に陥った時期に、それ以前の〝訴訟派〟患者のパフォーマンスが最も華やいでいた様態を描写しなければならなかった。それが苦渋のうちに最後の力をふり絞るような力業となったのは当然である。むろん『第二部』は〝訴訟派〟と支援団体の運動を叙べたものではない。しかし、そのように「運動」などを超え、それを無化するような表現を獲得するためにも、作者はおのれの心眼に映る最も深い世界へ降りて行かねばならなかった。それはまさに作者の命を磨り減らす仕事だったのである。

『第一部』が「ゆき女聞き書」に代表されるように、彼女の天質が何の苦渋もなく流露した純粋な悲歌であり、『第三部』がトランス状態のうちに語られた非日常界であるとすれば、『第二部』は水俣病問題の全オクターヴ、その日常と非日常、社会的反響から民俗的底部まですべて包みこんだ巨大な交響楽といってよい。水俣病とは何であったか、そのことをこれだけの振幅と深層で描破した作品はこの『第二部』以外にこれまでもこれからもあるはずがなかった。その意味で『第二部』は『苦海浄土』三部作中、要の位置を占める作品というべきである。

この作品には、水俣病事件史における行政側チッソ側の言語道断な対応と振舞いも、もちろんしっかり書き留められている。とくに一九六九年、患者互助会に確約書の提出を迫った一件のあくどさえげつなさは、山本亦由会長の苦悩を語る形で活写されている。政府の対応においては、元内閣総理大臣橋本龍太郎君の若き日の姿が登場するのもご愛嬌だろう。「政府が人命を大事にしなかったことがあるか。いまのことばを取り消してもらおう」と患者に威丈高に迫ったこの若者は、かの足尾鉱害事件はもとよりのこと、ついこないだの戦災による厖大な生命の消尽も何ら記憶にとどめることはなく、ましてや水俣病発生以来の政府の対応など一度も反省、いや回顧すらすることなくこう言い切ることができた。そして、このような人間として総理の栄職についたのである。

調停に当った委員たちの言動も龍太郎氏のそれと大差はなく、今日からみれば唖然とするようなものばかりだ。しかしこの作品は、そういう行政・資本・学者のありようを「東大アタマ」とみなす「水俣病アタマ」、すなわち「親代々」の「馬鹿の組」の眼を通して浮かびあがらせているのであって、そこにこの作品の並の社会批判と異る表現の深度を認めねばならない。

これは患者を支援する側に対しても同様であって、作者はさし当って組合アタマとも呼ぶべき支援者のメンタリティが、実は「東大アタマ」の影絵でしかないことに焦らだちと悲しみを覚えるのである。もちろん作者には資質からして運動なるものに違和感があった。「動き出している運動体に対して、私一人《いちにん》の気持をいえば、集団というものになじまないものをひそかに持っていた」。「一人の人間に原罪があるとすれば、運動などというものは、なんと抱きされぬほどの劫罪《ごうざい》を生んでゆくことか。人の心の珠玉のようなものをも、みすみす踏みくだかずにはいないという意味で」。

だが、そういう資質的な違和という以外に、労働組合用語を振りかざして意識の低い大衆を啓蒙するといわんばかりの活動家たちに、作者は行政・資本側と同質の鈍感さを感じとっていたのである。彼らは基底の民俗社会の生活の成り立ちとその心性に対する根本的な感受性を欠いていた。これまた「近代」のもうひとつの相貌であって、そのように外からだけでなく内からものしかかる「近代」の相貌を描破するところに彼女の表現のひとつの課題があった。

以上のような事件の社会的波紋を『第二部』の表現の表層レベルとすると、訴訟提起以降の社会的反応を受けた被害民の心の動き、その立ち振舞いが、この作品のそれより一層降った中層レベルの表現ということになろう。

それはたとえば、敬遠したあげくにかり出された「会議」なるものにおける、おばさん婆さんたちの生態となって表われる。もちろん彼女らのすることといったら、神妙な顔をしながら議事と関係のないおしゃべりにふけることだ。近代文学はこういう生態を仮に描くことがあったとしても、愚昧あるいは土俗的な滑稽としてしか描写しなかった。しかし作者はその情景をこう描きとる。「彼女らのその様子は、蟹たちが露地の日だまりや砂地に寄って泡を吹きながら、しわしわと囁き交わしているあののどかな景色を想わせた」。こう書かれた瞬間に、彼女らの私語の世界は意識の低い民衆の愚昧さという近代的規定から抜け出して、生命の湧き立つ原始の海へ立ち戻るのである。

株主総会出席に伴う御詠歌の練習風景もこの私語の世界に連なる。婆さんたちの遊び半分の気持を慨嘆する師匠の言動もなかなかのものだ。彼は村落社会における仕事師のタイプかと思われるが、婆さんたちの心も実はわからぬではないそれなりの人物なのである。しかしこの勝負、結局は「儚なき夢となりにけり」の一句を「儚なき恋となりにけり」といい間違えずにはおれぬ婆さんたち、師匠の説教に「さしうつむいて（白着物《しろぎもん》ちゅうことはいうたが、赤着物ちゅうことは、誰も言わんじゃったもね）と思っている」彼女たちの勝なのである。

総じて裁判所や集会へ出かける被害民の心持ちは、権力や体制と闘う「市民」の心理とははなはだ異るところがあった。『第二部』のそこらあたりを叙べた部分は圧巻といってよい。彼らは池の魚が水面から顔を出して、外部の世界を不思議がるような、そして自分も華やぐようなそんな気持で裁判所へ通ったのだった。「往還道ちゅうのは、どこまでもどこまでもつないでゆけば、世界の涯までゆかるるとでしょうもん」と彼らの一人は呟く。そして世界に、いや世界とまでいわずとも東京に、東京とまでいわずとも熊本の裁判所に行けば、必ず国というものに出会えて、自分たちが蒙った不正をただしてもらえるというのが彼らの思いだった。

ところが裁判というのは白州のお裁きと違って、チッソに弁護人がつくという。何を弁護しようというのか。その不思議さは彼らが苦しみをもってあがなった事件の真実からして明らかである。正義を顕わしてくれる国というものはどこにもないのか。この疑問に近代の諸制度の仕組みとその縁由をもって答えるのは何ら困難ではない。だが、そのような答が答にならぬ最も原初的な一点に彼らは立っている。『第二部』はこのような機微をみごとに描き出したのである。

『第一部』では決して触れることのなかった村落社会の暗部にも作者は迫らねばならなかった。それはねたみと蔭口と密告の横行する世界である。患者互助会が訴訟に踏み切るらしいという噂が立ったころ、ひとりの患者が山本会長の家に駆けこんで「市民の世論に殺されるる」と身悶えする。「あんたどもは、二千万取るちゅうが、銭貸せ」といわれたというのだ。会長は「連れて来《け》え、そやつ共《ども》ば。俺がね、一人で引き受けてやる」と言い放つ。作者は村落社会になくてはならぬものであったひとりの義人の姿もまた書きとどめたのである。

しかし、『第二部』はいっそう深い世界へ降りてゆく。それはもはや裁判とも告発とも関係のない基層の民俗世界、作者自身の言葉を借りれば「時の流れの表に出て、しかとは自分を主張したことがないゆえに、探し出されたこともない精神の秘境」であり、「一度も名のり出たことのない無冠の魂であったゆえに、おそらくはこの世に下された存在の垂鉛とでもいうべき人びと」、「かつて一度も歴史の面《おもて》に立ちあらわれたことなく、しかも人類史を網羅的に養ってきた血脈たち」の織りなす世界であって、その造型は『第二部』の表現の深層レベルを形づくっている。

それはたとえば坂本トキノさんの語る狐神の世界である。この人の娘の死にざまは第一章「葦舟」で語られていて、解剖されたわが子を背負って夜道を帰る江郷下マスさんの語りと並んで、『第二部』の最も美しく哀切な部分となっている。そういう彼女が高野山詣での帰りの列車の中で語るシュリ神様の話のなんと醇雅なことだろう。彼女は死んだ娘の霊をこの狐神にあずけていて、そのためにチッソ大阪事務所の所長と会ったときも、蝶のような気分で舞っていたのだった。

またそれは、おそよ小母さんの語る村に往還道が初めて通ったときの賑わいである。婆さんたちばかりでなく爺さんたちまで、紅白粉つけて、水色や桃色の襷の結びをひらひらさせて、飛び上って踊った。「飛ぼうごたる道でしたもん、まっさらか道でしたけん」。「道の神さんたちの、まっさき往きなはっと」だろうと五つの少女は想像した。道の神の前で舞いおさめたとき「みんな神さんの子になっとる気」がした。美しい霧も出た。

神だけではない。それは「ぽんぽんしゃら殿」や「犬《いん》の仔せっちゃん」や「自動車しんけい殿」など、この世とあの世の境に棲む人びとのいる世界だった。このような「魂《たましい》あそんで帰らぬものたち」を慈しむ人びとのいる世界でもあった。兎や狸や狐はむろんこの世界の一員だった。田上義春さんが語るように、人は彼らを狩り立てもする。しかし、狩りは彼らとの命のつながりでもあったのである。作中には貝や魚や、くさぐさの畑のなりものの話が頻繁に出てくる。その描写は肉感的かつ鮮やかで、それ自体みごとといってよい。作者がこれらをたんなる食物としてではなく、無名の民の「精神の秘境」の欠くべからざる構成要素として描いているのは、もはや注意するまでもあるまい。

『第二部』にこの深層レベルの表現が備わったことにより、われわれは水俣病事件がブローデルのいう長期持続の世界、イリイチのいうヴァナキュラーな生活世界へ加えられた資本、いな近代そのものの暴行であったことを知る。この世界はいまやわれわれの廻りに影も形もとどめてはいない。

この作品は文体の面でも複雑な重層性を帯びている。『第一部』以来の語りがみごとなのはいうまでもないが、現実の事態については記録としての正確な文体が駆使され、会話の部分はさながら演劇である。しかし、次のような叙景は何と呼べばよいのだろうか。

「不知火海は光芒を放ち、空を照り返していた。そのような光芒の中を横切る条痕のように、夕方になると舟たちが小さな浦々から出た。舟たちの一艘一艘は、この二十年のこと、いやもっと祖代々のことを無限に乗せていた。それは単なる風物ではなかった。人びとにとって空とは、空華《くうげ》した魂の在るところだった。舟がそこに在る、という形を定めるには、空と海とがなければならず、舟がそこに出てゆくので、海も空も活き返っていた」。

日本の近代文学者でこういう文章を書いた者はこれまで一人もいない。これはいわば情景を人類史の透視を通じてうたいあげた、いまだかつてない質の抒情である。作中にはこの種の思索的叙景とでもいうべき文章が随所にちりばめられていて、読むものを魅了せずにはおかない。

作者にはいつものことだが、直進的な時間の経過の意識が欠けているように思える。『第二部』は事件の経過を順を追って叙べることをせず、時間が渦を巻いて循環するような構造をもっている。そのために、事件の記録としてみれば、かなりわかりづらいかも知れない。しかし、これは作品である。時間が前後したり繰り返されたりすることによって、すべてが水俣病という現在であるような、現在が過去でもあり未来でもあるような独特の物語の世界が現われるのである。

最後に、この『第二部』は石牟礼道子その人の内面への旅でもあることを指摘しておきたい。これはすでに『第一部』からみられる特徴であるが、『第二部』に至って作者は「じぶんが人間であることがうまくゆかない半毀《はんごわ》れのにんげん」であると語るだけでなく、「生命というものがこの世に存在するということには、どこかに無理があるのではないか」と感じるまでになっている。深夜猫と語ったり、流れゆく水に添って父と逢う夢を見たりしながら、作者はこの『第二部』を書いた。人間の運命を予感する人に安らぎはなかったのである。

『西南役伝説』と民話的語り

『西南役伝説』は執筆時期という点でふたつのグループにわかれる。第一のグループの『深川』『曳き舟』『有郷きく女』『男さんのこと』の四篇は、作者がまだ家庭の主婦として水俣市で暮らしていた時期に書かれた。昭和三〇年代の初めまでは作歌に専念していた彼女は、昭和三三年谷川雁・上野英信の『サークル村』に参加し、『苦海浄土』の名篇『ゆき女聞き書』を『奇病』のタイトルで発表するなど、森崎和江・中村きい子と並ぶ『サークル村』の三才女の一人として、一部には知られ始めていたものの、世間的には無名のアマチュア作家の立場にあった。各篇の初出は次の通りである。

『深川』＝『思想の科学』昭和三七年一二月号

『曳き舟』＝『現代の記録』創刊号（昭和三八年一二月刊）

『曳き舟』『有郷きく女』の各一部分＝筑摩書房刊『日本の百年』第一〇巻（昭和三九年二月

刊）

『曳き舟』『有郷きく女』『男さんのこと』の各一部分＝三一書房刊『明治の群像』第三巻（昭和四三年一二月刊）

以上のうち『現代の記録』は作者が赤崎覚など地元の友人と創刊した雑誌で、三号ならぬ創刊号のみの刊行に終ったのだが、その誌名からして、当時の作者の関心がいわゆる民衆史の方向へ向いていたことがわかる。その「民衆史」とは彼女の場合、民衆自身によって語られた日本近代「創世記」の「地獄篇」でなければならず、彼女の地位を確立した『苦海浄土』もその一篇をなすものにほかならなかった。『苦海浄土』と『西南役伝説』のこの四篇とは彼女の初期創作を代表する姉妹作であり、主題のみならず聞き書的語りくちにおいて密接な関係にある。

第二グループに属する『天草島私記』以下の各篇は、彼女が松浦豊敏・渡辺京二らと創刊した季刊誌『暗河』に連載された（連載に当っては前記四篇も再掲載された）。この時期彼女は著述家としての仕事のために熊本市に家を構えていた。昭和四四年に始まった第一次水俣病訴訟も四八年三月に判決がくだり、長く放置していた『西南役伝説』を書き継ぐゆとりがやっとうまれたのである。連載は九回に及び、補筆されて昭和五五年朝日新聞社から刊行の運びとなった。

佐野眞一はノンフィクションの名作一〇〇篇を選ぶ際に、『苦海浄土』を差し措いて『西南役伝説』を第一に推している（『現代プレミアム・ノンフィクションと教養』＝二〇〇九年五月・講談社）。まことに佐野の見識というべく、日本民衆の近代経験の叙述という点で、『西南役伝説』は『苦海浄土』に劣らぬ評価を受けてしかるべきである。ただし佐野が同誌の座談会において、同書が九〇人から一〇〇人の取材の末に成ったと言っているのは正しくない。作者によれば、聞き取りを行なったのは文中名前を挙げている人物だけであって、十名にみたないのである。

『西南役伝説』は『苦海浄土』とともに、一般には「聞き書」とみなされている。ノンフィクションあるいは記録文学と称されるゆえんである。だが同書の各篇が、果たしていわゆる「聞き書」であり記録であるかという点は強烈な疑いの存するところだ。むろん作者は故老たちの語ったところを歪曲したり、語りもしないことを創作してはいない。しかし、とくに『深川』『曳き舟』の二篇は語りのスタイルで書かれており、この絶妙の語りが故老の語りそのままとは到底考えられない。これは故老の述懐をもとに昇華された高度な文学的表現、つまり故老になり変った石牟礼道子独特の語りにほかならぬのである。

その語りの見事さは『曳き舟』において極まっている。説教節以来のわが国文芸の語りの伝統が、現代文学において奇蹟的に甦った。石牟礼道子は今日までの業績が示すように、言葉の正当な意味での現代作家である。しかし彼女の作品が現代文学としてなかなか認められなかったのは、前近代の語りものの伝統を奇蹟のごとく保っていたからであろう。高度な文学的スタイルとしての語りは、『苦海浄土』と並んで『西南役伝説』中の『深川』『曳き舟』のうちに早くも輝き出ていた。

もちろん『曳き舟』ら四篇は作者三〇代の作品であるから、生硬な観念的表現が随所に顔を出す。しかし、これも若さの熱気である。熱にうかされたような早口であればこそ、あの凝縮した高揚がもたらされた。第二グループの『いくさ道』はこれにくらべると、ずっと平易で落ち着いた文体で書かれ、これはこれで滋味を帯びた佳品であるが、三〇代の熱気は去って再び帰らなかったことが了解されよう。

『深川』『曳き舟』の語りは水俣弁天草弁でなされているため、読みづらく感じる人もあるかと思うが、そのときはぜひ声を出して朗読してほしい。そうすれば文体の呼吸がわかり、意味もわかってくる。吟誦して鑑賞するに足る文章なのである。なお文中多用される「はってく」は「行ってしまう」、「されく」は「あてどもなく歩き廻る」の意である。

『西南役伝説』を貫くのは、底辺の民衆の眼を通じて戦争を無意味なものとする視点だと一応考えられなくもない。しかし、そのような民衆の視線による歴史の読みかえが本書のねらいだとする解釈は、決して『西南役伝説』の真価に関わるものではあるまい。なぜなら、西南戦争は民衆に迷惑ばかり及ぼす権力レベルの争いだといったありふれた理解は、民衆であろうとなかろうとわれわれが生きる世界について、稔りある認識をもたらすものではないからである。

梅田ミトは「何のわけで殺し合いばしなはるだろか。……いくさのなんの、しんからの百姓なら出来んばい」と言う。しかしこの婆さまはご存知ないが、彼女のご先祖である室町戦国期の郷村の村人は、隣郷との水争いで侍顔負けの本格的な合戦をやらかしていたのだ。

本書には百姓の立場から侍を揶揄するような表現が多く見られる。しかしそこに読みとるべきなのは、自分たちの手に届かぬ権力の所為の一切をユーモア化する民衆の想像力であって、その民話的ユーモアに過大な反権力的意味を読み込むべきではあるまい。「妄霊嶽《もれ》」の戦いで崖から落ちて助けを求める兵士たちについて、「ああいう所でいくさのなんのして。だいたい、ああいう方角も無かところで、いくさ、うっ始《ぱじ》めるちゅうがあるもんけ。侍ちゅうは、もう気の知れん」というのを読めば、思わず吹き出さずにはおれぬけれども、これを正面切って戦争批判などとほめあげられては白けてしまう。これは要するに、地形も読めぬ非常識な都会人をおちょくる田舎人のユーモアなのだ。

薩摩藩主が平戸の瀬戸で「俺ァ薩摩の国の守っ！」と「おめかいた」（怒鳴りなさった）というのも無性におかしい。民衆の想像力においては、殿様や侍はまるで芝居の登場人物のように民話化されるのである。このことは『西南役伝説』が伝えようとしているメッセージを理解する上で重要なてがかりと思われる。

つまりここには、権力機構を初めとする文明の上層構築物（むろん文字も含む）とは徹底的に無縁な、自然に接する小さな共同体のコスモスがあって、そのコスモスのうちに生き死にするものにとって、その年の田畑の稔り、花木の咲きよう、山や河や海の様子、鳥のさえずりよう、親きょうだいや隣り近所との情愛や葛藤、とりわけ男女の出会い、災害や病気や事故などなどが人生の真実の中味にほかならず、そのほかのことは天朝さんと西郷さんがいくさしようがしまいが、すべて関わりのないことであった。

梅田ミト女にとっては、最初の夫はいとしく二度目の夫には心が添わなかったというのが人生の核心で、彼女は城下からわずか二里半のところに住みながら殿様の名も知らなかった。実際のところ、殿様の名を知ってどうしようというのか。

もちろんこうした生活圏の外部に、政治やら経済やら軍事やら外交やらの動きがあって、一般にはそれが歴史と考えられているのだが、基礎的原初的な生活圏の住人とても、そのわけのわからない動きの波をかぶらずにはすまされぬ。だとすると、それに対処する方法は徹底した無化以外ない。その無化の方法こそが、外からというか上からというか、とにかく権威をもってのしかかって来るものを滑稽化する民話的語りなのだった。

だから、このような文明の構築物に修飾されぬ最も簡明な人生の真実があるということは歴史の畏怖すべき基本なのである。『西南役伝説』はそのことだけを語っている。そのような透徹したまなざしから、次のような美しい数行が生まれた。

「民衆の中に甦り甦りする命のごときが、目尻のやさしい皺の中にありました。あの歴史年表とかいうものをあずかり知らぬ細民ひとりの百年の、まだ生きている中味が、秋の日ざしに匂い立つ渚の家の囲炉裏ばたに坐っていました。爺さまは、火のない囲炉裏に両手をかざし、火のないことがわかると、開けた戸口の方から射してくる太陽に掌をかざします。陽の来る方に光源のような海があるのです。爺さまはその海を太い太い掌にかざしてみて『ここはおるげの前の口』と云うのです」

作者にとって近代とは、このような民衆・細民の魂が寄るべとするものをまったく無視したところから始まったのである。このことも本書が伝えようとしている重要なメッセージである。

『六道御前』『草文』の二篇は「聞き書」ではなく、まったくの創作である。前者はかつて北林谷栄によってひとり芝居として上演された。『草文』の「おえんしゃま」は作者が幼少時にみかけた女乞食の残像が生んだ人物であり、長編小説『おえん遊行』につながってゆく。しかし私はこの女性が、実は作者がひそかに描き出した自画像であることに気づいてほしいと思う。作者がこれまで創り出した作品の連珠は、おえんしゃまがここかしこに置き残した草文なのである。読者たるもの、心してこの草文を読み解かねばなるまい。

『天草島私記』には作者の出生地天草に対する並々ならぬ愛情が脈搏っている。文書《もんじょ》の生の引用が多いので、文章のリズムに乗って読まされてしまう彼女のほかの作物《さくぶつ》とは違って、楽に目を走らせるわけにはいかないが、ゆっくり熟読していただければ、彼女の歴史感覚のしなやかさとしたたかさを実感してもらえるはずだ。

帰れない者たちの逆さ図——石牟礼道子『西南役伝説』書評

これは私個人にとっても、思い出の深い本である。石牟礼道子という作家の存在を初めて知ったのが、そもそも、昭和三十七年「思想の科学」に発表された「西南役伝説」、すなわち本書の序章「深川」によってであった。何とも特異な文体、そして知識人的世界把握の身についた私どもには思い及ばぬ発想で、方角違いのところから、奇妙な色の光があふれて来たような感銘を受けたことを思い出す。

続いて各所に発表された「曳き舟」「有郷きく女」などの章は、方言を生かした巧妙な語りの手法によって、近代日本のもっとも草深い創世記をほうふつと現前させ、当時肥後の維新史などを手がけ初めていた私どもの仲間に、嘆息をつかせたものだった。つまり私どもにとっては、石牟礼道子は「苦海浄土」の作者である以前に、「西南役伝説」の作者として伝説的だったのである。

周知のように彼女は、水俣病被害民と深くかかわったために、この連作をながく完成させることができなかった。事態が一段落したあと、いくつかの章が書き足され、このたびやっと一本にまとめられたのは、私のような付き合いの長い読者にとっては、作者ともども肩の荷のおりることであるけれども、本書の精髄は、何といっても初期に書かれた四つの章にあると思う。

勢いが乗っているというのは怖いもので、この初期の四編は文章がプリプリと精気をはらんでいて、やはりある時期の著者にしか書けなかったものという気がする。「体制の思想を丸ごと抱えこみ、厚く大きな鉄鍋を野天にかけ、ゆっくりとこれを煮溶し続けている文盲の、下層農民達の思想」などという文章は、若かりし作者の青くささの表現ともいえるが、それにしてもこの野天の鉄なべは光沢を放っているではないか。また、百六歳になる有郷きく女の指が「もう唄わなくなった自分の子守唄と、田んぼの泥水といっしょに握り潰したまんま、果てるのを私は見るのです」という一節は、片言めいた物言いのように見えて、さながら凝縮しつくした詩ではないか。

この文体的な輝きが最高度に発揮されているのは「曳き舟」の章で、これは、著者の「民衆史」的な志向の本領がもっともよく表れているという意味でも、集中随一の傑作である。

ごく普通には、著者のいう庶民史とは、西南役前後の近代日本の成り立ちを、民衆的な視点でひっくり返したものととられやすいが、実はそんな民衆史的ひっくり返しなど、つまらない常識なのである。著者が表現したいのは、西南役とは庶民に関係ない権力者たちの出来事だった、などというい加減な常識ではなくて、そういう「歴史」を日常の次元まで引きおろす庶民の想像力の構造なのであった。

その想像力はひと言にいえば民話的なのであるが、例えば薩摩藩主が、瀬戸の潮流がいうことをきかぬのに腹を立てて、「俺ァ薩摩の国の守っ」と怒鳴ったなどという話には、思わずふき出さずにはおられない。そして著者は、こういう庶民の日常還元的なフォークロリズムをふんだんにちりばめるいっぽう、歴史の「地殻の裂け目」に閉じこめられた「帰れないものたちの逆さ図の世界」、そういう世界を内に抱えこむものたちの深い情愛の思いに、吸い寄せられるように傾いて行く。まことに彼女の世界では、歴史とは満たされぬ情愛の別名にほかならぬ。「西南役伝説」はそういう彼女の特異な世界をすべて原型的に示す点で、多彩な彼女の作品系列のなかでも、特に重要な位置にあると思う。

水俣という文学風土

文学者を育てる風土というものを考えるとき、私がいつも不思議なもののように思うのは水俣の例である。水俣は明治の中期まで海浜の一寒村であって、別に都市的な伝統のあるところではない。現在でも人口は五万を割っているはずである。ところがこの小都市は、小さい割には、非常に個性の強い文学者の一群を生み出している。

徳富兄弟の例はいささか古きにすぎるだろう。蘇峰を文学者と呼ぶのも常識に反しているかもしれない。だが私は、彼のベストセラーである『将来之日本』を文学として読む眼がなければ、それが当時の青年にあたえた衝撃はわからないはずだと考える人間である。また蘆花は通常かなり粗大な作家とみなされているが、彼の文学史上の異端的な地位はもっと見直されてしかるべきだと思う。つまりこの二人はふつう考えられているより、かなりユニークな個性のもちぬしなのである。

だが、いま私が考えているのはそういう古い例ではなく、谷川雁、石牟礼道子、谷川健一、秀島由起男などのことである。このうち秀島氏は画家だからここでの論議の対象からははずれるが、彼の個性的な版画がまさに絵画として自立的でありながら、強烈な詩的喚起力にみちているのも、思えば興味深いことといってよい。

私は最近谷川健一氏の『古代史ノオト』を読む機会があったが、綿密な文献操作と根気よい実地調査に圧倒されながら、このユニークな古代史論が何よりも氏の詩心の所産であることを痛感しないわけにはいかなかった。その詩心が氏の幼年期の水俣体験に深くかかわっていることは、古代の南九州を猪文化圏と規定する同書の一章によくあらわれている。氏が日本の古代文化を考える場合、もっとも有力な手がかりとなっているのは海上民と高地狩猟民の文化であるが、氏の想像力の根もとには前面の不知火には魚が躍り、背後の山里からは猪の噂が伝わって来たようなかつての水俣の風土が、いつも存在するもののようである。

水俣の風土といえば、だれしもすぐ念頭にのぼるのは石牟礼道子氏であろう。彼女の『苦海浄土』は、沿岸漁民の悲惨な地獄を描破しただけではなく、自然と人間とが渾然と一体化した漁民たちの生活のありかたを、わが国の文学史上はじめて表現した名作だった。土地には精霊というものがあるということを、われわれは彼女の作品によってはじめて実感できたわけである。彼女がいま「文芸展望」誌上で書き継いでいる『椿の海の記』は、その意味で注目すべき作品である。ことにその最近号にのった第八回は、山野の精霊との交渉を通して幼女の魂が形成される過程を描いて、まことに眼をみはるばかりの出来ばえになっている。水俣の風土がこのように美しく描かれたことはこれまでになかったし、今後もまたないだろう。それはほとんどの人の世のなりたちの根元にふれていて、読むものを圧倒せずにはおかない。

このように見てくると、水俣では風土と文学的創造の結びつきの非常にめぐまれた一例であることがわかる。それでは、なぜ水俣は風土が文学にとって多産的であるのかといえば、たんに風土の美しさといったことでは片づかないだろう。風土の美しい場所は日本中いたるところにある。それにはいくつかの要因があり、たとえば徳富兄弟の影響も無視することはできまい。蘇峰が町に淇水文庫を寄付したのはささやかなことであるかもしれないが、文化的な伝統はもともとこのような小さな行為の集積によってかたちづくられるのである。

だが、水俣の場合私が注目したいのは、そういうことよりも、この一見穏やかで牧歌的な小都市の内部に、よくのぞきこんでみれば何本かの亀裂が走っていることである。周知のようにここは日本の化学工業が最初に立地した場所のひとつであるが、そのことはかつて平凡な海浜であったところに、近代と前近代とがいたって微妙に交渉し混交する場が生みだされたことを意味する。また水俣の場合見のがしてならぬのは、天草からの渡り者によって作られた漁民集落のことである。つまり水俣には大ざっぱにいって、薩摩方面からの内陸的な土着意識を背景にもつ農民的小地主的な層と、近代の尖端を挿入されたことによって生じた開明的な小市民層と、不知火沿岸に流浪する流民的な層という三種のたがいに異質な要素が、並存し複合しているように考えられる。

このような異質なものの重合は、おのずと住民間に歴史的な因縁を背負った潜在意識を育てずにはいない。水俣という町を少しのぞきこむと、この小さな町の意識が意外と複雑で、強い緊張をはらんでいることを感じさせられる。

石牟礼道子や谷川兄弟のような個性的な才能は、おそらくこの町がかかえこんでいる、このような矛盾や葛藤を強く意識し、それを自分の創造の根にとりこむことによって確立されたのである。石牟礼氏が水俣を描くとき、いかにもその風土の美しさがうたいあげられているようにみえながら、実は彼女はその土地にわだかまる潜在意識や偏見という怪物と死闘しているのである。このことは私を必然的にフォークナーへの連想にさそう。フォークナーはアメリカ南部の小都会に住みながら世界文学のもっとも尖端的な部分をつくりだした作家だったが、その創造の秘密は、彼が南部という風土を自分の芸術家としての鑿にもっともよく抵抗する、堅固な素材として見いだしたことにある。

地方的な風土性を売りものにしなければならぬような文学を私は信じてはいない。風土は突き放そうとしてもむこうからついてくるものである。地方文学のむなしい提唱をくりかえすよりも、一人のすぐれた芸術家が自分が生まれて育った現実を、どういうふうに創造の機制のうちにとりこんでいるかという秘密に、思いをいたしたほうがいい。水俣が生んだ詩人たちのことを思うと、芸術家にとって風土とは対象の強い抵抗感のことであり、その抵抗感ぬきの風土とはたんなる観光絵葉書にすぎないことがよくなっとくされる。

詞章『不知火』の誕生

詞章『不知火』の清書は私がしたのである。一九六九年以来、石牟礼さんの原稿の大半を清書して来たのだから、これは取り立てていうことではない。いいたいことはこの先にある。

当時彼女は長年の念願であった島原・天草の乱を描いた小説の新聞連載を終え、やっとひと息ついたというか、疲れもまだ抜けきらぬ状態だったと思うが、『不知火』はさして苦労もなくすらすらと出来上がった。能という表現様式はこれまた彼女が長年関心するところだったから、「橋の会」からの注文は渡りに舟だったのである。

さて草稿を清書して当惑した。私はこれが傑作なのか駄作なのか、判断がつかなかったのだ。それまで石牟礼氏の草稿を清書して、彼女の作品中それが上・中・下のどの部類に属すのか、判定に苦しんだことはない。また憚りながら、その判定を誤ったこともない。なのに嗅覚がまったく利かなかった。

詞章『不知火』が傑作であるのは、その後の三度の公演、それに伴う世評によって、ほぼ定まった評価といってよい。私自身、熊本県立劇場での上演を見て、舞台のすばらしさはいうまでもないとして、詞章自体の構想の大きさ、言葉の美しさを実感した。

公演をプロデュースされた土屋恵一郎氏が強調なさる通り、『不知火』は能楽界最高の演者を揃えるという新作能ではかつてない幸福な出立ちを遂げたのだが、それも詞章にそれだけの力があったからで、とにかく私は、舞台の上であれだけの能楽師を本気にさせ、自己最高の芸を発揮させている詞章『不知火』の力をこの目で見て、自分の不明を恥じざるをえなかった。

私が人に先んじて草稿を読み、とまどう思いがあったのは、ひとつには、能の台本というのは、それが舞台の上で形になった時のことをイメージできねば十分に読みとれぬ性質のものので、私にはそういう素養も訓練もなかったので、感動のしようがなかったのだろう。大体、それまで世阿弥の詞章を読んだって、べつに感心したことのない私なのである。

しかし今にして思えば、私は不知火・常若の姉弟が、この世の毒をさらえて死ぬという構想の単純率直さというか、曲のないストレートさに鼻白んだのにちがいない。舞台を見た今ではそれだって、能とはそういう曲のない単純なテーマをドーンと提示するもので、そこに能の深みとこわさと繊細さが展開する枠組があるのだと承知はできている。

それにしても、また水俣病かと、一瞬私は思ったのだろう。しかし能とは不思議な表現である。舞台を見終わって、まかり間違えば環境世界破壊の糾弾という陳腐なメッセージになりかねないものが、水俣で起ったあの惨劇を永遠の記憶に昇華する至高の表現となっていることに私は一驚した。

周知のように石牟礼氏は水俣の惨劇に初めて表現を与えることで作家として登場したのであるが、七〇年に起筆され、この度の『全集』発行によってやっと完結した『苦海浄土　第二部』を読むと、この人が、おそらくこの人のみがかの水俣の惨劇の全貌と核心を感知して、あの不知火・常若の姉弟のようにそれをわが肩のたわむばかりに担ってきたのだと心底納得させられる。詞章『不知火』はまさに身もだえする詩人のわが身を灼く炎であった。

この詩劇の水俣公演が、現実の悲劇の生じた不知火の海への奉納の形をとったのは、揺らぐべくもない必然である。それについては緒方正人さんの言葉に耳を傾ければよい。公演が水俣病事件幕引きに加担するのではないかなどというのは、ジャーナリストふうの野次馬のさかしらにすぎない。その夜何が起るか、わが目で見たらよいのだ。その夜、水俣病の爆心地ともいうべきあの海辺には、惨劇にたおれたすべての人びとの霊が必ずや来り臨むのである。人間だけでなく、非業の死をとげたすべての生類が、あの耳なし芳一をとり巻いた魂たちのように、舞台の舞に涙するのである。彼らが何を訴えるか、われわれは耳を澄ますだけでよい。幕引きどころか、新しい予感と促しの一夜となろう。

海へ還った『不知火』

演劇とかオペラとか、一般にステージというものは、劇場内、いい方を換えればあくまでそのジャンルに関わる公衆の評判の世界としてあるものだろう。玄人にしろ素人にしろ、それが好きという者がいて、囲いこまれた演劇や音楽という世界でそれぞれの好尚を満足させるのが、いわゆるステージの意味するところだと思う。もちろん、ステージがひとつの社会的事件、あえていえばスキャンダルになることはある、あの「エルナニ」の例のように。しかしそれとて劇場の世界が立てた社会的波紋なのである。

それでひとつも構いはしないのだが、もともと演劇とか音楽というものはステージから遠く離れた自然と人生のなかの出来事ではなかったか。おかしな言いかたかも知れぬけれど、芸術や芸能を鑑賞するというのではなくて、山河のうちに音が鳴り響くような体験として、自分がこの世で生きていることを証し立てる行為として、ある舞いや音声やことばに遭遇するということが可能なのではないか。石牟礼道子氏の新作能「不知火」の水俣公演は私にそんなことを夢想させる経験だった。

上演は水俣の百間埋立地の海辺、親水護岸と呼ばれるところで行われた。舞台の向うには恋路島が浮かび、しかも一点の曇りもない星空というのではなくて、あやぶまれた台風の前兆か、夕空は壮大な雲で覆われ、私は観たこともないワーグナーの舞台を想像した。ワーグナーの舞台は作りものだが、彼自身はそれを通じておのれの楽劇を宇宙に解き放ちたかったわけだろう。闇の中のかがり火に照らされて演じられる薪能はあっても、このような自然が巧んだ背景の中で、舞台が天地乾坤にひろがる経験を、能という芸能は初めて味わったのではないか。

公演は奉納という言葉をかぶせて行われた。そのことにいかがわしさ、押しつけがましさを感じた人もいたらしいが、それはこの公演を実現した人びとが水俣病事件で斃れたあまたの生命の象徴として不知火海をとらえ、その海にこの能を奉納するという発想に深いうながしを読みとったからで、いただいたお金はそれに見あう舞台でお返しするという通常の商業倫理をきちんと守った形で公演が行われたのはいうまでもない。

この百間埋立地はもとチッソ工場の排水口の設けられた入江だったところで、有機水銀の汚染が最も濃厚なところから、水俣病の爆心地と称されている。その場所で「不知火」を上演するについて、実行委員長の緒方正人氏、父親を劇症の水俣病で失い、自分自身患者認定申請をとり下げても患者たること紛れもないこの不知火海浜の漁師に、余人とことなる深い思いがあったことは想像に難くない。

彼はむろん招霊ということを考えたに違いない。その霊には狂い死した猫さえも含まれる。だが彼には惨劇の記憶をあらたにするということのさらに先に、現代の高度消費文明からのめざめという課題が立ちはだかっていた。奉納という二字にはこのような言葉にしにくい彼の思索が煮つまっている。彼はチッソに対して「課題責任」を提起した。これは恩讐を越えた和解などではなく、あらたな甦りの途に自分らとともに立つか、それともその責任を拒むかとチッソに問うたものである。第一次訴訟の支援者であったある男が、とうとうチッソに金をねだるまで堕落したかと緒方氏をそしったというのはお笑い草である。初めから堕落していたのは既成組織に寄りかかっていた汝であろう。緒方氏は新たなあいくちの切っ先をチッソに突きつけたのだといっていい。

むろん緒方氏や彼と行をともにする者たちのこうした思いは、声高に言い立てず胸にしまっておいてよいことだろう。当日の公演には梅若六郎氏のファンを始め、いろんな観客が集まったのである。だが舞台のうしろで波音を立てている不知火海が、水俣病事件という現代文明の生んだ惨劇の現場であるという事実、その海に向って鎮魂の楽劇が演じられているという目前の出来事が、すべての観客の胸に深くそして新鮮に響かなかったはずはない。劇は大きく歴史の現実と人間の宇宙的現存をとり込んで進んだ。たんなる芸術の鑑賞ではなく、生のゆたかさ、あやうさ、激しさを自分自身で生きる時間がそこにあった。

この上演が通常の劇場公演をはみ出す何ものかであったのは、観客のおおかたが初めて能を観る人びとであったことや、準備期間から当日に至るまで、それまで能に何の関心もなかった多数の老若男女が上演活動に参加したことから明らかである。しかし大事なのは、この人びとが市民運動に参加したのではなくて、真実の芸術的経験をわが手で成就したのだということだ。

むろんそれが高度の芸術的経験であるためには、詞章「不知火」のパワーと、梅若六郎氏を始めとする新作能には珍しいほどのぜいたくな演者たちの力量が必須であった。そのことはこれからも十分論じられるに違いないから、最後に一人大事な人に触れておこう。それはプロデューサーの土屋恵一郎氏で、石牟礼氏にこの作を書かせ、その真価を即座に見抜き、「橋の会」の活動で培った人脈を動かし、一流の役者・演出家を揃えてあの舞台を実現させたのはまさにこの人だったのである。土屋氏こそ「不知火」のかくれた産みの親なのであった。

『天湖』の構造

『天湖』という小説は石牟礼道子の作品群の中でも、ひとつの頂点をなすものなのに、あまり突きこんで論じられることがなかったように思われます。『苦海浄土』三部作を別にして、彼女は『椿の海の記』『おえん遊行』『あやとりの記』『十六夜橋』『水はみどろの宮』『天湖』『アニマの鳥』と、七つの長篇小説を書いています。『アニマの鳥』以降、彼女は健康を害して、長篇小説の執筆は望みえない状態となりましたから、『天湖』は最後から二番目の小説で、それまでの創作の経験を踏まえて、もっとも筆力の充実した状態で書かれておりますす。彼女の七つの長篇のうち、どれを最上位に置くかは、論者によって、また視点によって、いろいろな判断が可能だと思いますが、私はこのたび『天湖』を再読して、これが頂点という判断も可能なのではないかと考えるに至りました。

と言いますのは、彼女の小説の特質をよく示すという点で、『天湖』は最も成功しているように思われるからです。石牟礼文学の特質とは何でしょうか。それはふたつあると思います。ひとつは現にこの世にある世俗的な生活の彼方に、その始原ないし根元をなす隠れた存在の次元があって、その次元から絶えず呼び返されているといったふうに、人間の生のありかたをとらえる感覚です。その隠れた存在の次元は、近代化以前、工業化文明以前の、さらに言えば文字文化以前の、土を耕し、海の生きものをすなどり、牛や馬を追う、山河と密着した生活のありかたの中で常に感知されていたもので、それなしには農民としての、あるいは漁民・牧畜民としての現世の世俗生活も、存続の根底を失うような、「もうひとつのこの世」だったのです。

石牟礼道子という詩人・小説家は、「この世」と併存する「もうひとつのこの世」の様相を、ひとりの浪曼主義者的な幻視としてではなく、日本の伝統的な農民世界、漁民世界、さらにそれらの周辺部分、周辺でありながら中核でもあるような遊行民の世界の伝統に添った幻想的世界として描き出して来たのであって、こういうことができたのは、日本近代文学史上彼女が初めてであったのです。彼女の作品にはすべてこうした彼女のユーニークな特質が表われておりまして、とくにそれが集中的、顕示的に表われているのが、『あやとりの記』と『天湖』であります。『あやとりの記』は非常に喚起力の強い美しい作品でありますが、児童文学誌に連載されたこともあって、メルヒェンないしファンタジー的な話の作りかたで、本格的な近代小説の形態はとっておりません。『天湖』は近代小説としては相当変った作りではあるけれど、にも関わらず鞏固にフィクショナルな構造を持った小説であり、「もうひとつのこの世」について強烈な主張を含んだ「論争小説」でさえあります。とにかく、「もうひとつのこの世」とは何であるのか、ということを、この小説ほど雄弁に語っている作品は、彼女の厖大な著述のうちにも他にはないと思われます。

彼女の作品の特質はふたつあると申しましたが、そのもうひとつは物語のユーニークな作りかた、構造です。彼女の小説はふつうの近代小説のように、何か事件なり紛糾なりが起って、それが発端からフィナーレに至るようなナラティヴの形をとらないのです。その点ではわが国の近代小説のうち、もっとも日本的な形態といえる私小説もそうであって、ひとつの劇的な物語の進行が欠如している点で、西洋人はこれを小説ではなく随筆とみなすほどです。しかし、彼女の小説は私小説ともまったく異っています。といいますのは、彼女の物語の構造は、現在と過去が常に混淆していて、現時点で進行している出来事と、過去の回想が截然と区別しながら物語られるのではなく、混りあいながら同時進行してゆくのです。言い換えれば、彼女の小説には過去がなく、過去はすべて現在に現前するのです。両者は相互浸透するといってもよろしく、現在とはすべて現前する過去と切り離しがたいものなのです。過去は現在であって、両者はほとんど区別なく共存するのです。近代的な話法、それはむろん認識法を含むわけですが、それが直線的な進行・経過で出来事を整序し叙述するのに対して、彼女の話法では、過去も現前しているという意味で一種の現在なのですから、過去・現在あるいは未来までも、一種の曼陀羅図として並列してしまうことになります。すべて一斉にせり上って来るのです。

むろん世界はすべて関連しており、その意味では一種のカオスであるのですが、近代的な話法はそのカオスを有意味と無意味、あるいは原因と結果に整序し、不要部分を無視し切り捨てて、一種の意味的な図柄、すなわち物語を作り出すのです。ところが彼女は事象の関連のほうに引っぱられて、最初意図した言述からどんどんそれてゆき勝ちです。講演でもそうで、例えば「本日は雨にもかかわらず、多勢来て下さいまして」と言いさして、雨のところにひっかかって、「雨といえば私には思い出がありまして」と雨の話になる。「ある雨の日、私の父が」と言いさして、今度は「父といえば」と父の話になる。つまり「何が何して何々だ」という一定の言述の中に、どんどん注釈がはいってくる。餅を焼きますと、一ヵ所が膨れあがり、その膨れ上りの一部からまた新たな膨れが生じてまいりますが、彼女の話はそんなふうで、聞いていてはらはらする。それでもなお、何となく元へ戻って収まりがついてしまうのが凄いのです。小説の語りでもそうで、事象の関連に引っぱられて、言及がどんどん拡大して、事象が一斉に花吹雪のように舞い立つのです。

こういった近代的に整序された時間・空間を意図的に解体して、過去と現在をつきまぜたり、異なる空間を交差させたりするのは、二〇世紀になって試みられたいわゆる前衛文学的な手法ですが、彼女のほうはそんな前衛的な意図などまったくない。第一、ジョイスもフォークナーも読んでいない。フォークナーは熊本の仲間たちがロスト・ジェネレーションの共同研究をやったとき、『八月の光』を読んだことがあるらしいけれど、いつもの伝で決して読了してはおられないでしょう。にもかかわらず、彼女の作品は二〇世紀の前衛文学の手法と、結果的に通じるところが多い。彼女の作品はそれを日本近代文学の中に置いたとき異質性が目立って、それが彼女の文学者としての評価が確立するのを遅らせたという事情がありますけれども、彼女をラテンアメリカの現代作家、たとえばガルシア＝マルケスやバルガス＝リョサやドノソやカルペンティエールの中に置いてみれば、まったく違和感なく収まってしまいます。ジョイスやフォークナーが開拓した語りかたは、発祥地の欧米でよりも、今やラテンアメリカの作家たちによって継承されているのですが、それはラテンアメリカには近代以前・文字文化以前の世界感受が生き残っていて、その素地の上に近代的な時間・空間の処理を乗り超えようとする二〇世紀前衛文学の手法がうまく継ぎ木されたからでしょう。石牟礼道子の小説の特異な話法はまぎれもなく近代以前・文字文化以前の世界感受に根ざしているのですが、そういう彼女の作品の独特な構造のもっともよく示されている小説が『天湖』なのです。

『天湖』はダムの底に水没した天底村《あまぞこ》に対する、かつての住民の様々な思いを描いた物語といえましょう。水没は三十年前のこととされています。ダムのモデルは熊本県人吉地方の市房ダムですが、市房村には石牟礼氏の親しい友人夫妻が一時住んでいて、何度かその家へ遊びに行ったときに、物語の構想が生れたのだと思われます。とくに降雨が少なかった夏に、水没した村が水枯れしたダムの底から現れたという話は、少なからず彼女の想像力を刺激したことでしょう。

物語はおひなという老女が、死んだ夫の盆の墓詣りにゆくところから始まります。墓詣りと言っても、墓はダムの下に水没しているのですから、ダムの湖畔で夜を明かして死者を弔おうというわけです。まず気づくのは文章ひとつひとつに堅固で個性的な質感があって、すらすらと読めないことです。すっと読み流そうとする意識をはね反す、ごろごろとした手触りがある。まず「さっき拾った盆練れ柿を、胸元で拭いて齧りついた」という書き出し。「盆練れ柿」とは何でしょう。「胸元で拭いて」というのも官能に訴えます。渋いので草むらに捨てる。もうひとつ残っているのが、懐から転がり出る。それを拾う。別に物語を進めるのに必要なことではないけれど、こんな描写の積み重ねが、まぎれもなくそこに一度きりの経験が存在することを読者に感じさせます。ダムの人造湖のほとりまで行くのですから、さっさと行かせればよいものを、途中で出会う事象に絡めてなかなか行きつかせない。そのうち切れ切れにこの老婆のことがわかってきます。夫は戦死したこと、娘と二人、河原の掘っ立て小屋に住んでいることなど。作者は概括な説明をまとめて与えるということをしません。おひなの意識に浮かんで消える断片から、段々そういうことがわかってくるので、いわば作者は物語の背景や道具立てを小出しにするのです。

こんなふうに言葉に質的な抵抗感があり、ひとつの石も木の葉もある存在の重みをもったものとして描出の対象となっている点で、作者の文章は小川国夫のそれを想起させます。小川さんの文章はからっと乾燥しているのに対して、石牟礼さんのそれは湿潤だという違いはありますが、事象とそれを表わす言葉を概念として用いず、ひとつひとつ感性的に個性化してゆく点で二人はとてもよく似ています。また、物語を隠れたもののように作っていく点も似ています。状況や経緯が概括的に提示されることはなく、隠れていたものが正体を少しずつ露わにしてゆくように、物語が出現するのです。この、文章に個性的な稜角があって、軽く流し読みが出来ず、概括的一般的な説明がなるだけ避けられるという点は、いわゆるエンタテインメント＝読み物と文学を区別する重大な特徴です。小川さんも石牟礼さんも、熱烈な愛読者がいるのに、著書はあまり売れないという点でも似ているのですが、これは文章に個性がありすぎ、物語としてべつに面白いプロットもないせいでしょう。いわゆるエンタテインメント作家の文章は新聞記者の文章同様、手垢のついた常識的な言葉しか使わないのですらすらと読め、勝負はもっぱら凝った筋、人驚かすお話を作り出すところにかかって来ます。もっとも現代日本では、純文学と称する作家の作物も、文章が観念的・概念的・説明的になっている点で、ほとんどエンタテインメント作者と選ぶところはなくなっているのですが。

『天湖』の現在時点での物語はとても簡単です。ダム湖のほとりで亡夫の供養をしようとしているおひなが、東京から祖父の骨をこの湖に撒きに来た柾彦という青年と出会い、そのうちおひなの娘のお桃もやって来て、母娘が草小屋を建て、三人で一夜をすごすことになるのが物語の発端です。柾彦の祖父柾人はこの村の豪家麻生家の末裔で、東京へ移り住んで村との縁も切れるのですが、沖縄戦を経験して、多少精神の変調を来たしていた柾人の晩年に、常にとり憑いていたのが天底村の記憶で、柾彦は祖父から聞かされていた天底村が沈むダム湖に、祖父の遺愛の品である琵琶を背負って、祖父の遺灰を撒きに来たのです。おひなは十六から二十一歳まで柾人の屋敷に下婢として住みこんでいて、少し歳上の柾人には深い思い出があったので、絶えず柾彦を柾人ととり違えてしまいます。

翌朝目覚めてみると母娘の姿はなく、人々が湖から屍体を引揚げています。さゆりというお宮に仕えていた巫女が身投げしたのだという。昨夜村で火事があり、仁平というダム建設推進派の顔役が焼死したのですが、どうもさゆりが付け火して、そのあと湖に身を投げたらしい。柾彦は屍体の運搬を手伝わされ、ついでにお寺でのお通夜にもつき合わされてしまいます。そのままお寺に泊って、次の日はさゆりの野辺送りと火葬につき合い、そのお寺は柾彦の祖先が西南役での焼失後、寄進して再建されたもので、柾彦はいわば大檀那の子孫ということで、大事にされてしばらく逗留することになります。そのうち死んださゆりのあとつぎにお桃がなるというので、その「帯つけ」の儀式が湖でとり行われ、それに柾彦が出席する場面でこの小説は終ります。

以上のような筋書きですから、この小説は要するに、一人の音楽家の卵が祖父の故郷であるダムに沈んだ村を訪ねて、おひな母娘と知りあい、娘が死んだ巫女のあと継ぎになるのに立ち合うというだけの話で、ふつう小説が備えている劇的葛藤とその解決といった要件をまったく満たしておりません。村の顔役仁平の焼死という事件も、仁平が口の利けないさゆりに手を出そうとしたらしいことはちょっと暗示されていますが、それ以上追求されておらず、まったく挿話的です。克平という、工事現場で転落して鉄筋に串刺しとなり、一命が奇蹟的に助かったという快男子が、柾彦を「天底村村民会議」の一員に任命するという一幕も、そこから「会議」が実際に動き出して、村の中でひと波乱巻き起こすことになれば、それこそ「小説」ですが、ただ酒席での座興にとどまっています。

ところが、このような現時点での話の展開（物語A）のほかに、「天湖」にはもうひとつ本筋というべきかくれた物語（物語B）があるのです。この物語Bは物語Aの進行のうちに、諸人物の心に浮かび上ってくる過去の記憶として顕われてくるのですが、それは諸人物の湖底に沈んだ村への思い、「夢に見るとは、天底のことばかり」という思いが呼び出す物語で、それは過去の出来事、桜や銀杏、川や橋、井戸やお宮らに纏る出来事の連鎖を通じて、自然＝コスモスとの全面的な相互作用のうちに生成していた神話的時間空間、ダムが滅ぼしてしまった民話的生活世界と結びついているのです。

物語Bの中心人物はお愛とさゆりです。月影橋は昔はかづらの吊り橋で、この橋を渡ろうとした巡礼の母子が川に転落し、母親は死んだけれども女の子は助かった。その助かりようが異常で、吊り橋は実は鍾乳洞の主の大蛇の化身だと村人は信じているのですが、その大蛇が姿を現わして、とぐろを巻いてその中に女の子を守っていたというのです。その子を柾人の祖母、「本屋敷」のなずなが引きとって養い育て、助産婦学校に出してやった。それがお愛で、彼女は産婆として村中の子どもを取り上げたばかりでなく、子どもが痞を起すと秘伝の薬を飲ませて直すなど、村人には欠くべからざる存在となったのです。

一方さゆりは、月影橋を渡ってしだれ桜の下で行き倒れた女が、死ぬ前にその場で産み落した女児で、生れつきものが言えません。その子をお愛が引きとって育て、七つのときに沖の宮の巫子にするのです。沖の宮というのは月影橋のかかるいさら川の本流阿迦川の川口から見たはるか沖にある宮だというのですが、物語の中の沖の宮とは、その沖の宮の方を向いたいさら川と阿迦川の合流点にお愛さまが建てた仮宮のことで、この仮宮にさゆりはお愛亡きあと巫女として棲みつくことになるのです。さゆりはふだんは牛小屋を建て替えるときに呼ばれて地鎮の舞をやったりして暮しているのですが、巫子になった四年目、村がひどい日照りに見舞われたとき、御岳山に登って雨乞いの舞を舞い、みごとに雨を降らせたこともありました。さゆりを産み落して死んだ女は宮崎県の耳川からやって来たらしく、締めていた見事な朱珍の帯からすると、よい家の出らしかったのですが、しだれ桜のもとで往き倒れになった事情は皆目わからないままでした。

おひなはこの二人と最も関係の深い人物で、夫が戦死したあとお愛から蝮をとる秘訣をならい、百命丸という薬を作って、それを売って暮しを立てています。巫女的な素質に濃く恵まれていて、娘のお桃と折に触れ美しい神歌を唱います。おひなはさゆりが死ぬとき締めていたあの母譲りの帯を受け継いで、娘のお桃を沖の宮のあと継ぎ巫女にするために、その儀式を取り行うのです。

お愛とさゆりに縁が深いもう一人の村人が克平で、この男も月影橋とは因縁があって、「午年の出水」のとき、克平の父はもう木橋になっていた月影橋を渡ろうとする小学生を助けようとして、橋もろとも流されて死んでいるのです。そのとき克平は岸辺の大榎に登っていて、父の死に様を見た。少年は出水時に川を渡るという羚羊《かもしか》を投げ縄で捕えるつもりだったのです。鹿の角は高貴薬だと薬売りから聞いていて、病身の母のために羚羊の角が欲しかった。克平は大人になって、鉄筋に尻から貫ぬかれるという大事故に会うのですが、そのときさゆりに祈祷をしてもらって、それで九死に一生をえたとこの男は信じているのです。克平にとってさゆりは観音様であった。

物語Bのもう一人の人物は水磨という盲目の琵琶法師で、これも月影橋を渡って村に現われ、お寺に泊って村人に平家の一節を聞かせていたという。希代の名人だったと言い伝えられています。また物語Bには若き日の柾人も出て来ます。五高生で休みに村に帰って来て、おひなとささやかな交渉をもちます。

物語Bは一挙には語られません。登場するいろんな人物の心に断片的な記憶が舞い降りて来るという形で語られるので、この小説を最後まで読み通すことで物語Bの全貌がわかるという仕組みになっています。つまり『天湖』には過去（物語B）と現在（物語A）の二つの次元の物語が併存しているのですが、この二つは截然と区別して語られるのではなく、常に混り合い共存的に語られるので、注意深く読まないとこの作品の真価がわかりません。一応この関係を図示してみましたが、物語Aはつねに物語Bに吸い寄せられてゆくし、物語Bはつねに物語Aに舞い降りて来るのです。物語Bが現前して来るとき、過去の思い出話として語られるのではなく、まるで現在目の前に起っているかのような感じを与えます。つまり過去は現在の構成の必須の一部になっております。物語Aは一言で言うと若き音楽家の宇宙的原初的な音の世界への開眼の物語ですが、その開眼は物語Aをたどるだけでは十全なものに

〈物語B〉
・お愛母子の転落
・本屋敷でのお愛の養育
・産婆としてのお愛の活動
・女巡礼の死
・その娘をお愛がひきとり、沖の宮の巫女とする
・さゆりの雨乞い
・克平の父の死
・克平の事故
・柾人とおひなの交渉
・琵琶法師水磨

↕ ↕ ↕

〈物語A〉
ダム湖畔での柾彦・おひなの出会い
↓
さゆりの水死
↓
光林寺での通夜
↓
火葬場への野辺送り
↓
光林寺での滞在
↓
お桃の帯つけの儀式

はなりえず、物語Bの開示があればこそ実現するのです。つまりこの小説では、物語Aは額縁で、物語の濃密な実質は物語Bによって担われています。AはBを呼び起すための枠組なのです。こういう過去と現在の扱い方、過去がつねに現在の生きた一部分であるような描き方はおそろしくフォークナーの『アブサロム！　アブサロム！』や『響きと怒り』に似ています。ただし石牟礼さんがフォークナーを読んでいないことは先に申し上げました。

しかも、この小説では夢が大きな役割を果しています。村人たちは夢で沈む前の天底村へ帰るのです。柾彦も同化されて、昔の天底村へ夢で通います。この小説ではA次元の現天底村のことはよくわかりません。移住して新しい村落ができているはずなのですが、光林寺と仁平の家を除いて描写はありません。光林寺は高い所にあったので水没を免れていて、現在の村人の心の拠り処になっています。この光林寺の老住職、坊守り、長男の若住職は大変よく描かれていて、格式高い村のお寺のありようが生き生きと浮かび上っています。ほかに村人もさゆりの通夜や野辺送りのときに何人か出て来ますが、現在の天底村の住人というより、昔の天底村の遺老のような人たちで、現在の天底村の様相はお寺を除いてほとんどわからないのです。第一、移住した村の位置も書かれていません。作者の関心は明らかにそこにはないのです。小説に出て来る村人はみな、湖底に沈んだ昔の天底村を恋うていて、その昔の天底村こそこの小説が描きたかったことがみえみえです。

しかし、その昔の天底村も一種の理念化を蒙っています。いろいろな葛藤や矛盾を抱えた世俗的な村としての側面はほとんど捨象されています。ダム推進派の山師仁平とか、補償金がはいるや真先に賭博に凝った男は出て来るし、村から若い娘たちが都会へ出て行ったことなどは語られていますが、いずれも類型的な話です。作中人物たちにとって湖底に沈んだ天底村について、いやな記憶も苦しい記憶もあるはずですが、そんなことよりかつての天底村に存在していた重層的な世界が大切だし恋しいのです。焦点がそこにある以上、この作品が昔の村を理想化しているなどと評するのは半可通の妄言です。作者は現実の村を美醜ともに客観的に描写することなどを意図しておりません。ただ村人の生活の非常に本質的な一面のみ描こうとしています。現実の村の醜さなど百も承知で、そんなことは散々書かれているから、それに任せているだけのことです。

その世界とは何でしょうか。それは「あの世とこの世のまじわるところ」であって、「ここは天の底じゃった。底というのは何じゃろか。底というのは、この世の基本ちゅうか、まだ出来上らんものの、さまざまあるところじゃと思います。出来そこないのわたしも居ってよかところで。この世の元が託された天の底とは、ほんによか名ぁじゃ」というおひなの言葉が指示する世界と言ってよいでしょう。

このおひなの言葉のうち重要なのは、「この世の基本」「まだ出来上らんもののさまざまあるところ」という箇所でしょう。つまりこの世界は絶えず生成を繰り返している原初の風景なのです。これはある意味でゲーテ的観念なのかも知れません。「あの世とこの世のまじわるところ」というとき、「あの世」とは来世のことではありません。「あの世」とは現世と膚接しつつ、隠れてありながら常時顕現する「この世」のもうひとつの相を指しております。つまり「この世」と平行しつつ、「この世」の存在を根底から支えている「もうひとつのこの世」のことなのです。文化人類学のタームで言えば、「日常」に隣りあう「非日常」ということになります。柾彦は「ここでは人間の意識のはじまりと、成長してゆくありさまとが、累《かさな》りの深い山あいで、他の無数の生命たちと一緒に地中の水脈に養われてゆくのが実感できる」というふうに感じるのですが、このとき彼は「もうひとつのこの世」の存在を確かに感知しているわけです。

これは、山河自体が生命であり霊であるような万物照応の世界であり、その前に人間は畏れをもって佇まねばならぬような、混沌として生成し続ける深い淵でもあるのですが、そういう「もうひとつのこの世」と往き来するには、村人といえども仲間うちの特殊な霊能者に頼らねばなりません。お愛とさゆりはそういう霊能者ですが、注目すべきなのはこの二人が月影橋を渡って村へはいりこんだ異人だということです。つまり天底村がこの世とあの世が交わる世界でありうるのは、二人の外来者、折口信夫風にいえば客人《まれびと》によって保証されてのことなのです。さらに、水磨という琵琶の名人も月影橋を渡って来る「客人」です。つまり物語Bを担う重要人物はみな外からやって来た遊行者なのです。

おひなの話では、沖の宮のしだれ桜を死に場処にしてゆき倒れたちが何人もやって来たし、乞食たちもよくやって来た、乞食は村にとって客人だったというのです。天底村の聖性を保証するのはこれら遊行する者たちであり、彼らが村に棲みつく場合、ムラ共同体からすればあくまで周縁に位置することになります。おひなもお愛のあと継ぎのような形になって、いまは河原の掘っ立て小屋に住むはぐれ者です。おひなの娘桃代も夜のつとめをして、セールスの男たちを小舎に引きこんでいるという噂もあります。村人はお愛・さゆり・おひなのような霊能者的存在に敬意を持って受け入れております。だからこそおひなは「出来そこないのわたしも居ってよかところ」と言っているのです。しかし彼女らは、光林寺の住職があまり関わりを持たぬほうがよい異形のものとみなしている点に表われているように、ムラ共同体からすればあくまで周縁的存在なのです。このことは『天湖』という小説の含意を吟味するさいに非常に重要です。石牟礼さんの作品では『あやとりの記』や『おえん遊行』もそうですが、ムラ共同体の正統的なメンバーではなく、ムラの周縁に位置するはぐれ者が重要な役割を果しています。つまり彼女は定住と遊行のはざまに位置するような人々に、「もうひとつのこの世」への媒介者という重要な役割を与えているのです。

この小説では、精霊がまだ生きている天底村と、魂を喪ってしまった東京を代表とする都市とが絶えず対比されています。東京は破壊的な轟音の街として描かれます。柾彦の祖父柾人は沖縄戦の体験者ですが、老人施設へ車で運ばれてゆく途中、高速道路を疾駆する車輌群に囲まれて狂気を発し、東京が米軍に包囲された、自爆せよなどと叫び出すのですが、作者はそういうふうに轟音を聴きとる柾人のほうが正常で、それを何とも思わないほうが異常だと考えているようです。

東京という都会を高速道路の轟音で代表させてしまうのは、もちろん単純化であり陳腐な類型化といえるでしょう。ここで私は彼女が七〇年代に作家の黒井千次さんと行った対談を思い出します。当時、石牟礼さんは、チッソ本社前にテントを張って未認定水俣病患者たちと座りこみ、いや泊りこみをやっていた直後で、真夜中でもトラックがテントの脇を轟音を立てて走り過ぎるという経験が生々しかったわけですが、そうした東京の大地と切り離された人工世界の非人間性を語る石牟礼さんに対して、黒井さんが「石牟礼さんがなさったようなビル街にテントを張って泊りこむ経験は、東京都民といえども普通にはありえない経験なのであって、ふつうの都民はささやかながら庭もある家に住んでいる」と言ったのがほんとうにおかしくて、私は思わずふき出してしまいました。

また彼女は柾彦の母を田舎を侮蔑する典型的な上流志向のザアマス夫人として描き出していて、これもなかなか達者に描けてはいるものの、ステレオタイプを免れません。このように「都会」を涸渇した魂のない世界として描き出す際に彼女が類型化に陥りがちなのは、おそらく彼女の物語の原型が説教節にあるからです。説教節では継母や人買いなど悪人が出て来ますが、その際悪は類型化されていて、主人公の苦難とよみがえりを語るための道具立てにすぎませんし、事実それで一向構わないわけです。同様に、『天湖』において、東京の生活の砂漠のような人工性がたとえ一面的・類型的に描かれているとしても、それは目くじらを立てる必要もないことだと思います。天底村の意味と生命に満ちる世界を際立たせるために、対比的に説教節的悪者として都会を引き合いに出しているだけで、それが都市の把握として十全であるかどうかはこの際問題になりません。

この東京の貧しさ・単純さというのは、作曲家の卵柾彦にとって切実な体験で、それゆえにこそ天底村への旅が始まるのですが、この柾彦の精神的な飢餓感はなかなかよく描けているのです。「大地の真皮をひっぺがそうとしている」都市化の気配にせかれつつ、世紀末の笛吹き男さながらに、レーザー光線を浴びながら「躰をゆすって叫びあげる」若者たちの唄、「夢の中の木／せめて　まぼろし／白い　木蓮が／咲いていて　くれないかしら」、これはもちろん作者の創作なのですが、実際に作曲されレコーディングされてよいような現代風の歌詞の悲しい空疎さを作者は巧みにシミュレートしていて、そういう「音」の環境の中に置かれている柾彦の満たされぬ思いは確かに本物だと感じさせられます。

柾彦が「自分の耳がちぢこまってしまっているのに気づいたのは」、国立劇場で敦煌の古楽符によるひちりきの演奏を聴いたときで、天底村が沈むダム湖のほとりに立ったいま、「人間の耳にいちばん最初に聴えた音色とは何だったろう」と考え、「人の声と、ものの音はたぶん、今の時代より呪的に組み合わされて、それが世界の構造だと思われていたのではあるまいか。今の指揮者に相当する存在はもっと大いなる者で、峨々たる山の彼方にいたり、渦巻く波濤の底にいたりしたのではないか。であれば初発の頃の呪儀を行う者は、世界を読み解くまなこと、精度の高い聴覚の持ち主だったのかもしれない。原初の余韻が残ってやしないか、天底の泉のほとりに、湖の底に」と考えを紡いでいって、「宇宙的諧律」というピタゴラス学派的な言葉に行きつくプロセスはまことに魅力的で、こういう「もうひとつのこの世」の声音に魅入られたこの青年の前途を、危惧しつつも祝福せずにはおれません。「都会」の貧しさ・非人間性とはただ、青年をここに辿りつかせるための発条にすぎなかったのです。

柾彦はダム湖のほとりで初めておひなの神歌（あるいは呪歌というべきか）を聴きます。おひなが「今夜はさっきから気持がはずれて、天底に、ちゃんと入ってゆけん」と嘆くのに対して、お桃が「呼び出せば、天底ば」と示唆して、「そうじゃ」と肯いたおひなが歌を唱い出すのです。それはお愛から伝授された歌念仏だというのですが、「やあ／ほうれ　やあ／盆の十六夜／月の花／散る　散る／花の宵ぞかし」と歌い出される神歌はもちろん作者の創作です。石牟礼さんは『あやとりの記』が代表ですが、作中によく一種の古謡のような歌を挿入します。いずれもすばらしい出来で、現代詩ではない、かといって古代歌謡でもない、流行歌詞ではもちろんない「歌」は、この人独特のもので余人には真似のできぬ芸というべきです。それは往昔の遊芸人たちが演ずる古拙なくぐつ芝居のような雰囲気に読む者をひき入れてしまいます。つまりもうひとつのこの世（アナザ・ワールド）が現前することになります。もちろ柾彦は歌詞だけでなく、その声調に感嘆するのですが、これは読者としては想像するしかありません。

しかし、紛れもないのは、ここで鳴り響く歌が、天地《あめつち》も鬼神も動かしたという古代歌謡の再現だということです。『天湖』という小説ではおひな・お桃の母娘が唱う神歌が非常に重要な役割を果しています。最後のお桃の帯つけの儀式（巫女へのイニシエーション）の際にも、神歌が唱われます。『天湖』が何を描いた小説であるかは、このことによって疑いの余地なく明白です。それは歌が天地・鬼神を動かすことのできる世界を描いているのです。そんな世界がまだ生き残っていたことを私たちは柾彦を通して知るのです。もっともそれは湖底に沈んで、歌や夢で呼び出さねばならぬ世界であります。『天湖』とはこの世＝俗世を超越し、人間にほんとうに生きる根拠を与える「もうひとつのこの世」を、秘歌＝悲歌によって呼び返そうとする小説であったことを、私たちはこうしてさとることになるのです。

『天湖』は作者が六十代のとき書かれました。気力・筆力ともに充溢の時期に書かれた彼女のもっとも本格的な小説、彼女の作家としての特異性を十二分に発揮した作品と言わねばなりません。文章ひとつとっても、その張り、その美しさ、その力強さ、その深さは瞠目すべきものがあります。にもかかわらず、この作品はふっと出来上ってしまったような即興性があります。伏線が張りめぐらされていて、読む上で油断のならぬ作品であるのに、息苦しさがなくのびのびとしています。この作品を書かしめたものに対して、読者のみならず作者自身も感謝してしかるべきではありますまいか。

（二〇一三年四月一日成稿）

あとがき

これまで方々に書き散らして来た石牟礼道子氏の著作についての文章を、一本に纏めないかというお誘いを、数年前から弦書房の小野静男さんより受けていた。ただいずれも何冊かの拙著に収録したものばかりで、それを集めてまた一冊の本に化けさせるのはいささか欲の皮の突っ張った仕業のように思えて、はかばかしい返事ができずにいた。

この際一本に纏める気にようやくなったのは、四編の単行本未収録の文章が溜って、それを入れれば、単に古いものの化粧直しというやましい思いをせずにすむのではと考えついたからだ。特に『天湖』について書きおろすことができたので、本にするのにいくらか気が楽になった。

本当は『十六夜橋』についても論じたかった。だが、もはや力が尽きた。彼女の主要作品中、まだ論じていないのは、そのほかに『アニマの鳥』『水はみどろの宮』『椿の海の記』がある。体力、気力ともに衰えの極に達した今日、それらを論じる折がこれから先にあるものやら。『椿の海の記』は『苦海浄土』や『あやとりの記』を論じたときに、いっしょに取り上げてしまったような気がする。『十六夜橋』と『アニマの鳥』はこの先、生あるものならば何とか論じてみたい。その二編を追加した増補本を出すことができればと夢見るけれど、それもはかない夢に終るのか。

石牟礼さんとの出会いは、私の自己の再発見であった。この出会いなしに、物書きとしての今日の私は存在しない。深謝を捧げるゆえんである。

二〇一三年四月

著者識

初出一覧

1

『苦海浄土』の世界　石牟礼道子『苦海浄土』（講談社文庫、一九七二年）解説

石牟礼道子の時空　一九八四年一二月二日、真宗寺にて講演

石牟礼道子の自己形成　「道標」一〇号（二〇〇五年九月）

石牟礼道子小伝　『平成十六年度熊本県近代文化功労者功績集』（二〇〇四年八月）

「思想家」石牟礼道子　「熊本日日新聞」（二〇〇七年六月一二日）

＊新たな石牟礼道子像を　「環」五三号（藤原書店、二〇一三年四月）

＊生命の痛々しい感覚と言葉　『〈道の手帖〉石牟礼道子――魂の言葉、いのちの海』（河出書房新社、二〇一三年）

2

『苦海浄土・第二部』の真価　石牟礼道子『苦海浄土・第二部』（藤原書店、二〇〇六年）解説

＊『西南役伝説』と民話的語り　石牟礼道子『西南役伝説』（洋泉社MC新書、二〇〇九年）解説

帰れない者たちの逆さ図　「熊本日日新聞」（一九八〇年九月二九日）

水俣という文学風土　「読売新聞」西部版（一九七五年五月一一日）

詞章『不知火』の誕生　「不知火水俣奉納公演パンフレット」（二〇〇四年八月）
海へ還った『不知火』　「環」二〇号（藤原書店、二〇〇五年一月）
＊『天湖』の構造　書きおろし

（＊印は単行本未収録）

〈著者略歴〉

渡辺京二（わたなべ・きょうじ）

一九三〇年、京都市生まれ。
日本近代史家。二〇二二年十二月二十五日逝去。
主な著書『北一輝』（毎日出版文化賞、朝日新聞社）、『評伝宮崎滔天』（書肆心水）、『神風連とその時代』『なぜいま人類史か』『日本近世の起源』（以上、洋泉社）、『逝きし世の面影』（和辻哲郎文化賞、平凡社）、『新編・荒野に立つ虹』『近代をどう超えるか』『もうひとつのこの世――石牟礼道子の宇宙』『預言の哀しみ――石牟礼道子の宇宙Ⅱ』『死民と日常――私の水俣病闘争』『万象の訪れ――わが思索』『幻のえにし――渡辺京二発言集』『肩書のない人生――渡辺京二発言集2』『小さきものの近代 1』（以上、弦書房）、『黒船前夜――ロシア・アイヌ・日本の三国志』（大佛次郎賞、洋泉社）、『維新の夢』『民衆という幻像』（以上、ちくま学芸文庫）、『細部にやどる夢――私と西洋文学』（石風社）、『幻影の明治――名もなき人びとの肖像』（平凡社）、『バテレンの世紀』（読売文学賞、新潮社）、『原発とジャングル』（晶文社）、『夢ひらく彼方へ　ファンタジーの周辺』上・下（亜紀書房）など。

もうひとつのこの世――石牟礼道子の宇宙

二〇一三年　六　月二〇日第一刷発行
二〇二三年　三　月二〇日第四刷発行

著　者　渡辺京二
発行者　小野静男
発行所　株式会社　弦書房
（〒810・0041）
福岡市中央区大名二―二―四三
ELK大名ビル三〇一
電　話　〇九二・七二六・九八八五
FAX　〇九二・七二六・九八八六

印刷・製本　シナノ書籍印刷株式会社

落丁・乱丁の本はお取り替えします。

ISBN978-4-86329-089-1　C0095

◆弦書房の本

預言の哀しみ
石牟礼道子の宇宙 Ⅱ

渡辺京二コレクション⑥

渡辺京二　二〇一八年二月に亡くなった石牟礼道子と互いに支えあった著者が石牟礼作品の世界を解読した充実の一冊。「石牟礼道子闘病記」ほか、新作能「沖宮」、「春の城」「椿の海の記」「十六夜橋」など各作品に込められた深い含意を伝える。〈四六判・188頁〉**1900円**

石牟礼道子全歌集 海と空のあいだに

解説・前山光則　〈水底の墓に刻める線描きの蓮や一輪残夢童女よ〉など一九四三〜二〇一五年に詠まれた未発表短歌を含む六七〇余首を集成。「その全容がこれほどまでに豊饒かつ絢爛であることに驚く」（齋藤愼爾評）◆石牟礼文学の出発点。〈A5判・330頁〉**2600円**

石牟礼道子〈句・画〉集 色のない虹

解説・岩岡中正　預言者・石牟礼道子が、最晩年の2年間に遺したことば、その中に凝縮された想いが光る。自らの俳句に込めた想いを語った自句自解、句作とほぼ同じときに描いた15点の絵（水彩画と鉛筆画）、未発表を含む52句を収録。〈四六判・176頁〉**1900円**

ここすぎて 水の径

石牟礼道子　著者が66歳（一九九三年）から74歳（二〇〇一年）の円熟期に書かれた長期連載エッセイをまとめた一冊。後に『苦海浄土』『天湖』『アニマの鳥』など数々の名作を生んだ著者の思想と行動の源流へと誘う珠玉のエッセイ47篇。〈四六判・320頁〉**2400円**

魂の道行き
石牟礼道子から始まる新しい近代

岩岡中正　近代化が進んでいく中で、壊されてきた共同性（人と人の絆、人と自然の調和、心と体の交流）をどうすれば取りもどせるか。思想家としての石牟礼道子のことばを糸口に、もうひとつのあるべき新しい近代への道を模索する。〈B6判・152頁〉**1700円**

＊表示価格は税別